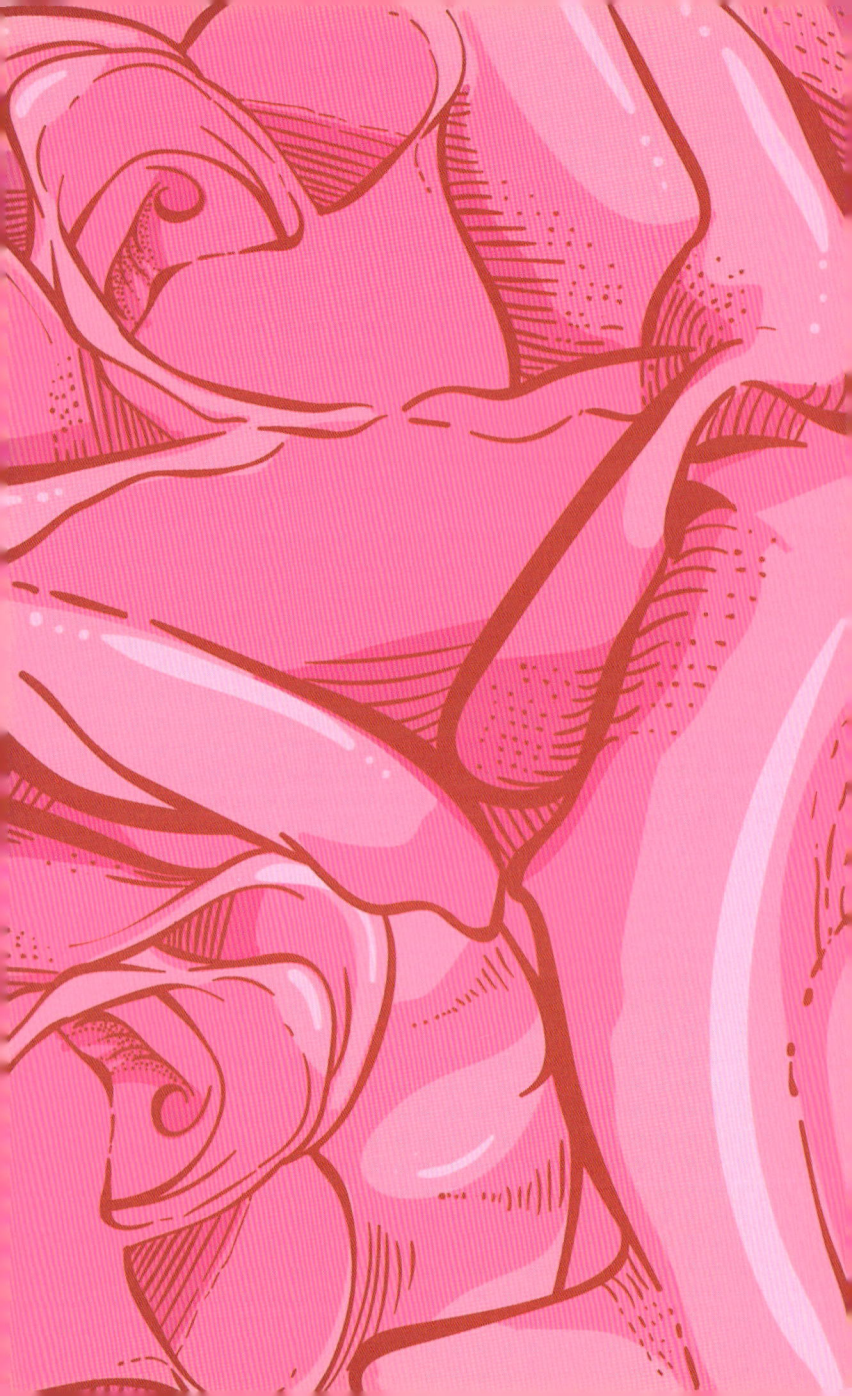

Little Ashes

王田 /著

少许
灰烬

也许所有禁忌之爱

都是灰烬

都是秘而不宣的面孔

王　田

中国传媒大学副教授、电影学博士

英国伦敦大学皇家霍洛威学院访问学者

CCTV-6《佳片有约》影评人

著　　作　★　行走世界三十多个国家、百余座城市，著有"城市与电影"随笔

《城之影》，生活·读书·新知三联书店，2012年

《城之影》（Ⅰ.Ⅱ），中国广播影视出版社，2019年

★　影评集《偷心影记》，中国广播影视出版社，2014年

★　《新世纪欧美类型电影》，中国国际广播出版社，2019年

★　"世界电影大师"系列译著：

《弗朗西斯·福特·科波拉》《科恩兄弟》，北京大学出版社，2020年

★　《克里斯托弗·诺兰电影研究》，上海三联书店，2024年

影视创作　创作电影剧本：《诱惑者日记》

应华纳兄弟邀请，赴英国电视专访《哈利·波特》作家J.K.罗琳

应迪士尼邀请，赴美国制作《星球大战》系列节目

应派拉蒙邀请，担任《变形金刚4》"中国演员总决选"的编剧兼导演

图书在版编目（CIP）数据

少许灰烬 / 王田著. -- 北京：作家出版社，2024.1
ISBN 978-7-5212-2500-6

Ⅰ . ①少… Ⅱ . ①王… Ⅲ . ①长篇小说 - 中国 - 当代
Ⅳ . ①I247.5

中国国家版本馆CIP数据核字（2023）第177058号

少许灰烬

作　　者：王　田
责任编辑：宋辰辰
装帧设计：意匠文化·丁奔亮
出版发行：作家出版社有限公司
社　　址：北京农展馆南里10号　　邮　编：100125
电话传真：86-10-65067186（发行中心及邮购部）
　　　　　86-10-65004079（总编室）
E-mail:zuojia@zuojia.net.cn
http://www.zuojiachubanshe.com
印　　刷：河北鹏润印刷有限公司
成品尺寸：130×185
字　　数：76千
印　　张：6.125
版　　次：2024年1月第1版
印　　次：2024年1月第1次印刷
ISBN　978-7-5212-2500-6
定　　价：49.00元

目录 CONTENTS

纯真年代

她回来了。

她不一样了。

列车抵达时，窗外蓄积了松松盈盈的雪。仿佛一夜间，上海的雨水也星移斗转来到了北京，遭遇了春寒，凝结起来，不再流动。

空气清冷，天空高远，行人匆匆。

空气，天空，行人，没有谁知道，这个拎着皮箱的姑娘，不一样了。

她是如此强烈地感到：人生从此一分为二。

他也这么说：这一天，改变了他的后半生。

19世纪的纽约，《纯真年代》的年轻律师爱上了离婚贵妇，上流社会的规矩会杀人。"给我一次，我就走。"但终其一生，他都没有得到她。

21世纪的纽约，《欲望都市》开门见山："欢迎来到不纯真年代！"

因此，对于这个"不一样"，她不知道，今天的女孩甚至会有那么一刻为之停下来思考过？

思考是什么？一个中断。中断所有的日常活动。女性主义先锋让娜·迪尔曼，第一次将镜头对准一个家庭主妇的厨房和起居室。男人战死沙场，女人独自谋生。请看一个单亲母亲的一天：做饭、吃饭、收拾、出门买菜、缝缝补补，每天下午三点准时接客。"二战"后的欧洲，害怕剧变。一个黄昏，她终于在椅子上坐下来。坐下来的片刻，也许经历了一场思考。而后，她将生活全盘推翻，一刀杀了嫖客。

思考，意味着一场反动。

她在心里一遍遍说：不一样了。

不是打了个喷嚏，被雨雪冻感冒。不！那是生活里的不确定，一不留神就可能发生。他与她，不是不留神。雪中的校园像个静谧的童话，雪地上几乎没有脚印，处子般的完好与纯洁。为什么会产生这个联想？不一样了。拿出钥匙开门，门也不一样了。久无人住的房间落了灰尘，房间也不一样了。肚子很饿，先坐下来，在一片尘封中吃点东西。昨天，在暖融融的家乐福超市，他问："想吃什么？"羊角面包、琥珀核桃、蓝莓，他又把一包红枣放进手推车。刚刚，她来了月经，担忧停止了。吃着东西，东西是他买的，眼泪掉下来。

打扫房间，半晌忙碌，尽管冷，也还是好。又能去哪儿呢？裹着毯子躺在床上，忽然被窗外噼噼啪啪的爆竹声惊了一下，方才意识到，所有的人还在春节中，所有的春节还在热闹中。而她的新年，在他妻子从娘家回来时，便宣告结束。有谁，会对这个早逝的节日投之以体恤吗？爆竹炸飞了她所理解的幸福，好像全世界的热闹都在嘲讽她的孤寂，这不知检点的身体，这不知检点的灵魂。

裹在毯子里睡不着。冷叫人更清醒，还是清醒着更冷？突然涌来很多问题，这些问题，不能随便找个人来问。言谈帮不上忙，谁也帮不上忙。只有自问自答。奥威尔的《1984》里，人们住在圆形监狱，时刻被来自上帝一般的目光监视，无需暴力，只要有注视的目光就够了，人会变成自己的监视者，自我监禁。

她刚刚经历了人生的重大转变，从女孩到女人。踏入上海的一刻，还是女孩，踏进北京的一刻，已是女人。转变经由他，他是魔术师。她望着天花板，始终在问，为什么要自我监禁？她只是想摆脱是与非、对与错，好好爱一场。

杜拉斯的《情人》，湄公河的轮渡，法国少女遇到中国男子。她在十六岁的时候就变老了，原有的轮廓依然在，不过实质已经被摧毁。她，也是这么回事。她不知道是不是所有的女孩都是这么回事。她的"不一样"，可是发生早了？她与那一夜，永远失散了。新婚之夜。这是另一个，她想问今天的女孩的问题。这个词，就像中世纪基督徒为躲避宗教迫害而躲进地下洞穴里的回声——听不到了。一件语言文物。

既然费里尼在妓院完成了他的成人礼，也许她讲究的不是那一夜，是仪式。用郑重与庄严，抵消庸常和虚无。于是日月有了节奏，潮汐得以涨落，如若什么都不讲究了，这一夜和那一夜，所有的夜没有分别，人生岂不是像茫茫大海一样令人绝望？而她，万万不可以绝望。

放纵的余韵还留在身体上，今后，还会有人给她一个夜晚里的很多次吗？尽管丢失了那一夜，却拥抱了最幸福，但是幸福昨天还在，今天忽然没了。

慢慢踱出校园，来到熟悉的音像店，音像店也不一样了。红色海报上，印着披头士的冠军曲目，那是他最喜欢的乐队。他喜欢的，她想去靠近，靠近他喜欢的，就是在靠近他。*Hey Jude*，伦敦奥运会上麦卡特尼带领全世界大合唱的这首歌，原本有着私密的情意，是送给一个不开心的小男孩的，就像送给他。七岁那年，随父母离开航空基地，他穿着小军大衣，在夕阳里，看着童年的小女孩，她那么好，可是他要走了，他们也许永不再见，他上前抱住她，只一秒，他就跑掉了，没有回头。多少年，那个底片藏在心的暗房里。这个小男孩，是一个天生的情人。

回到房间，天黑了。举起书又放下，打开电视又关上。靠在床头，他来了电话。坐在地板上吸烟，抬头看到她给他的东西，物在人去。他说很想她，昨天刚走，就想她了，晚饭没吃，早早上床，床上都是她，睡不着。

6

他哭了。

没有声音，但是她听到了。拼命抑制，又是难以抑制的。

没有动作，情和爱没有发生在动作里。抚摩，拥抱，做爱。他们的动作太少了，像刚刚烧热的铁，被丢进雪地里。如同饥饿时的一盘食物，狼吞虎咽中，正感怀人生的快感无非是饿了吃、困了睡，盘子突然被打翻。她哭，是因为饿，没有吃饱。

天更冷了。

父亲打来电话："开学还早，回家吧。"这就是父亲。他其实多么宠爱这个女儿。上幼儿园时，每天上午十点钟，他煮好热乎乎的白米粥，混合了蔬菜或肉松，给她送来。她体质弱，常发烧，记忆里总是伏在他的背上，裹在他厚厚的登山服里，去医务室打针。打完针回家，问她想吃什么。"香蕉。"在她生活的小城，当时这类水果还很稀罕，也贵，他跑遍全城买回来。她扭伤了脚踝，他蘸着点火的酒精给她揉搓。"你的手不烫吗？"

他说他有一双铁手。这双手，曾经在疲惫的旅途中，充满爱意地抚摸过她的头。

放飞这只小鸟的时候，隔着列车的玻璃窗，父亲一直看着她，就这么飞走了。而今，也许他也想问问，小鸟是不是该筑巢了？但终归是她的事，不干涉。父亲并不知道，小鸟在他给予的自由里，飞进别人的巢，为所欲为。

她忽然黯然神伤。身体的疼，是他造成的，热闹里的孤寂，幸福里的忧伤，都是他造成的，还要背负着欺父之罪，她因此恨他。

她把这些意思全讲了。他急得不得了。"我爱你。我需要你。我绝不会伤害你，看我的行动好吗？我不会放走你。绝不！"

不等她回应，他又说："无论你怎么想，我都理解，你的处境，我没有安排好。只是有一点你永远记住，我爱你，绝不允许你怀疑我对你的爱！"

她哭了。

眼泪会使爱情更甜蜜？那个时候，眼泪太多了。是梅雨季节的不见天日。她因此幻想了一种干爽的模式：两人偶遇，一夜缠绵，醒来各奔东西。

她喜欢坐在夜行车里遐想。霓虹灯冲来又退去，遐想里的纷乱，安全地被这些速度和力度模糊掉。上了年纪的巴士，不时漏进冷风，给夜色中将睡未睡的神经一个激灵。

那些高级的、一本正经的文明，断然碰不上这种兴奋。坐在小汽车里，富足使他们不允许自己的感官遭受无谓的苦，他们保养得过于好，毛孔不再张开，神经不再刺痛，他们的感受力，渐渐长出厚厚的茧。因此，从相对论的角度，富足令兴奋变得艰难。

她一无所有，但是她有兴奋。她身体里埋藏着骇人的激情，刚刚奔涌就被冻结，以情人之名。这是反动的，与杀人无异。她只是一个——眼神尽可能空荡荡，再带着懒散，到达一个她从未到达的高度的女孩。

她偏偏走进了他的

他的第一句话，奠定了整个故事。

通常，人们在陌生的情况下，更乐于寒暄客套。最近好吗？马马虎虎。彼此彼此。哈哈哈。不会在事情之初，播种真诚，或者，收割真诚。《第二十二条军规》的作者约瑟夫·海勒始终保持这样的才能：在充满感情色彩之时突然转向某种轻浮。他只是不想让自己变得过于脆弱。

但是他开门见山："我这个人，很重情义。"这句话，不自知。它不知道自己的力度，不知道自己的重要性，它让故事不一样了。

如果不是国庆节，她可能不会因为拥挤而待在家里；如果不是百无聊赖地上网，就不会遇到他；如果没有遇到他，就不会听到他的声音。

如果他的生日不在国庆节，就不会收到礼物；如果没有试用这台笔记本电脑，就不会上网；如果没有上网，就不会遇到她；如果没有遇到她，就不会打来电话。

2000年10月1日，这个时间不会记错。这个时间本身并无意义，作为各种事件的开端，如果说它有意义，那么，这就是它的意义。

许多事情的出现充满了偶然性，只是当人们以历史性的目光回溯时，就获得了神秘的必然性。《卡萨布兰卡》就在这样一种神秘中变成了传奇——酒馆老板、硬汉鲍嘉，从不与人喝酒，只为一个女人例外："世界上有那么多城镇，城镇里有那么多酒馆，她却偏偏走进了我的。"

国庆节，她在家里，见到一个陌生的女人。女人在墙上笑，倚着父亲，幸福感被挥霍在嘴角、眉梢以及整个相框。童年的家里，也挂着相框，但是密密麻麻嵌满了照片，挤满了小小的脑袋，难以分辨。父母也有过双人照，想必为结婚而拍，一种六十年代的时髦。那也许是母亲一生唯一一次化妆，脸颊扑了胭脂，嘴唇涂了口红。父亲的头发蓬松利落，很有一股英气，也许是一生最好的形象。也许经过摄影师的调教，两颗头完美地倚靠在一起。新婚之夜，他们一定是有的；在这个词语上，他们没有遗憾。

现在这张双人照，足有几十寸大。相框也气派，花雕木纹的，要退到远处，才能把两张面孔看得完全。被放大的不只是面孔，还有面孔上的幸福感。按照传播学的概念，她头脑里形成了一种刻板印象：墙上挂着一块巨大的幸福。这个家，第一次如此高调地展示着幸福。

对于照片里的那个女人，没有生过男孩，这个家的男孩因此珍贵；带来的两个女儿是自己的造物，自然珍贵。而她，既不是男孩，又非女人原创。她的衣柜里出现了很多新衣服，不是刚买回来的那种崭新，是不认识的旧衣服，因为没见过，所以新鲜。它们在数量上占据主流，造成一种主人的气势；而她的那几件，恐怕被考虑为不再穿，紧贴着壁柜，一副受冷落的样子。

　　家里的很多东西都是新的，客厅里的清新剂，梳妆台上的美白霜、盘头饰品、口红、眉笔、粉盒，都是新的。旧东西也在，不过是新与旧打乱了重来，比如洗衣机是旧的，摆在新的卫生间里。这个家的基因也重组了。物品丰富，人口众多，空气理应变得稠密，不，反而稀薄了。从前，在这个家，母亲的病，具有至高无上的地位，无时无刻不在统治，生活因它而前行。现在，疾病，痛苦，贫穷，忧虑，种种，都没有了。对于家的情怀也随之一变，爱，恨，希望，绝望，都没有了。母亲的身体曾经建构了这个家的信仰，如今，新的信仰尚

13

未建立，因此像一只没有航向的船在大海里漂流。

这套大房子，母亲一天也没住过。考上大学的她，大学毕业的哥哥，都选择了这座省会城市，他们的父母可能对独自度过晚年感到恐惧，尤其是母亲。于是父亲放弃了仕途上的升迁，还给领导送了礼，这对他耿直不求人的脾气可谓残忍。降低职务调来这座省会城市，公家为他配备的丰田越野车没了，也暂时得不到正式住房，只好先住过渡房，从宽敞明亮的公寓搬进小平房。这个词，不会错：逼仄。既是物理性的，也是心理性的。

四十平方米，一间半，原是单位分配给单身作临时宿舍的，暖气、煤气、燃气、空调，基本设施均未配备；客厅、卧室、书房、餐厅，多个功能被压缩在一个空间。哥哥已结婚生子，一家三口周末回来，晚上住下。外面一间，单人床归父亲，哥哥打开折叠沙发。冬天点上蜂窝煤炉子后，还要想办法给自行车安身。剩下的半间有两张床，单人床归母亲，她和嫂子、小侄挤在双人床上。那是个老城区，夜半，醉酒的汉子，斗嘴的小两口，训斥孩子的大人，发情的母猫，都在窗前出没。她总是在这样的时刻醒来，猛可间，感到生活的荒谬。

他们是体面的人家，他们的体面被剥夺了。她一直是自尊的小孩，她的自尊被窃取了。也许她的自尊里有虚荣的成分，希望住得像样，希望母亲的葬礼上不要号啕。花圈、蜡烛、孝衣、哭声，就摆在小平房的门口，摆在来来往往的人群面前。隐私，当众脱衣，像一种羞耻。人们要求她哭：凌晨几点必须哭，来了祭拜的客人必须哭。人们审查她的悼词：不够深切感人。人们都失聪了，听不到她心里的号啕。为什么她的哀悼，要旁人来插手？为什么她的哀痛，要表演给别人看？

她相信母亲也不会喜欢。母亲执意把自己隐藏起来，不穿裙子，不在公共浴室洗澡，不出门，怕人家看到她瘦得犹如孩童的身体。那是一个活在视线之外的女人。然而荒谬啊，她在众目睽睽下被背上救护车，又在众目睽睽下被哀悼。

这个小平房的所谓厨房，不过是巴掌大的隔间；巴

15

掌大的窗，承担着所有油烟的疏散任务。到了做饭时间，房间里的空气浑浊不堪，为母亲的哮喘病雪上加霜。那个冬天，电暖气在某个午夜罢了工，母亲犯了病，蜷缩成一团，大口喘着气，却喘不上气。她插上小小的电炉，放在母亲床头，希望微弱的温暖能够让她好受一些。她抱着母亲，心里怕死了，疼死了，只想把她一身的苦痛承担过来，统统拿走。

这个远离尘世的院落，空气湿润，轻妙幽远，有绿树鲜花，一两声鸟鸣，建在山林中的墓园成为母亲的新家。她努力奋斗，为的就是将来给母亲找到一处适合疗养的宁静之地。而这个地方，在她一事无成时便已找到——安放她骨灰的天龙山。她在母亲的小房子里一一摆好茶叶筒（她喜欢喝茶）、陪了她一辈子的眼镜（上面有一道裂纹）、一束洁白的荷花（她是个雅致的女人，因为名字里有荷，常说自己是一朵静静的荷花）。关上那间静谧的小房子后，她彻底变成了一个以浪荡为信仰的人，雄心壮志皆成虚无。

现在照片上的这个女人，比父亲小十岁。她和母亲，如同硬币的正反面。现在这个家的民主，是这个女人的民主，健康是民主的后盾，不需要大家做什么，有她。自从女人进家，父亲就告别了厨房，她也告别了父亲的美味。新的女主人，不仅健康，也健谈。"这个月的水电费是整个楼里最高的，开销大得很。""你哥哥要离婚，是不是外面有了人？""你的婚姻大事有眉目了吗？对方总得有车有房吧，女孩子年纪太大就不好嫁啦。"……结果，对白变成了独白。

过去的家，是沉默的。父母对孩子们的期望是否太高？他们对人生怎么看？两个孩子是否有烦恼，对什么感兴趣，有什么梦想……没有。过去的家，几乎是不流动的，没有语言做媒介。现在的家，似乎流动了，但充其量是一股生活流，它的流动系于柴米油盐、家长里短，不过是另一种形式的不流动，这也是她续以沉默的原因。

父亲也很少再说什么，好与歹，都不说了。他的衬衫是新的，也许是新主妇希望按照自己的审美重新塑造他，改朝换代要有新气象。家里再也没有关于她母亲的一切。她说过的话，她的往事，或者从现在的角度出发怀念她，梦中是否出现过她，在某个时刻被什么触动因而想起她。没有。她那些素净的衣物，专属于她的印有"毛主席万岁"的红字白底大瓷碗，那个曾经让她大笑的大碗，都不见了。挂在墙上的她的照片，换作另一个女人的笑。

在她看来，这就是死亡。

相互为钓，相互为游鱼

周日接到他的电话。他第一次在非工作时间找她。

妻子加班，他和女儿正在吃大闸蟹，"来上海吧，我请你吃。"

那天她去了"深蓝"。这家影楼，单单名字就吸引了她。她的生活，是蓝色，也是蓝调：忧郁。深蓝衣服，深蓝印花床罩，深蓝咖啡杯，连毕加索的画，也偏爱蓝色时期。化妆师用眼影扫了扫她的眼睛，立刻多了妩媚。他看到照片的第一句话是："像狐狸。"

她有点高兴他这么说。现代社会赐予女性的最大礼物是选择权。可以受教育，可以有机会，可以与男性比肩而立。但女人无疑是一种矛盾的动物。假如赢得了男人的尊重，又怕失去了他们的爱慕；假如赢得了他们的爱慕，又怕失去了他们的尊重。他必须同时把她当做人类和女人。

酒红色的收腰毛衣，深蓝色弹力牛仔裙，镜头里的轮廓，坐着，站着，沉思，都是优雅的。不过，你会被她的优雅所误。这个女孩从小是好学生，但是高二转到新学校就变了，披着一头被校方禁止的长发，捧着诗歌和小说来来去去，不学习，不上课。高考模拟考试，被校长在全校大会上点名批评："我们的同学，竟然用钢笔而不是2B铅笔，涂黑了机读答卷上的答题框，全校独此一例，这首先在态度上就是非常不严肃的，这样一个不严肃的人，考得上大学吗？"冬至时分，母亲发现她没穿毛裤。"你的毛裤呢？"她不说话。柔弱的母亲没有力气高声说话，但是那天放大了声音，"你的毛裤呢？"她把它从衣柜深处翻出来，扔在床上。母亲用手指戳着她的头，伤心地说，"你这个孩子到底怎么了？"过后，仍是没穿。

母亲的病不允许生气，父亲，所有的人，一直迁就她。母亲是这个家族的王，她的病是头顶的王冠。这个家族有个传统，年初二，回娘家。这天，她们一家，姨妈一家，一同坐火车去外婆家。她从皮包里拿出瓜子，车厢很拥挤，不小心瓜子撒了一地，她赶紧蹲下去捡。突然头上被打了一下，抬起头便迎来母亲的训斥：女孩子怎么这么鲁莽？周围很多人，她感到都在看她。她是个害羞的女孩，也是个自尊的女孩。站起身，瓜子也不捡了，眼里忍着泪，不说话，倔强地与母亲对视。姨妈赶紧拉开，好了好了，小心点嘛，别跟妈妈生气，妈妈身体不好。那天的瓜子，她一颗也没吃。

久居家中，母亲太少与这个社会接触了，不妨说，世界居于她自己的岁月里，生长在她自己的意志里。她是那么要强。她会说："你看，张家的小孩学习真刻苦。"她不会说："你看，李家的小孩玩得多开心。"她抱持着那些无能为力的梦想不放手，希望丈夫和两个孩子去实现，尤其这个女儿，她要在她身上投射自己、完成自己。白天，她会做一些家务，在沙发里看看书，累了，就上床躺着。经常可以看到她躺在床上，因为经常感到累。她静静地躺在床上，房间里的时光几乎是静止的，或者说，时光在动，她不动。有时，这个女儿心里猛可间感到委屈，为父亲，为哥哥，为自己。

　　午饭时他一定会打来电话，以天气开篇。他们生活在两个城市，北京，上海。地域的距离，像天气的反差那么大。有一个周末阳光灿烂，她和朋友去爬山。他问，异性还是同性。"异性。"

　　忽然，他们发现了一个游戏。

　　对方似乎对自己有意思，又把握不住是不是真的有意思，那么利用"第三人"来挑逗对方，比如，她赶了某个男人的约会，他与某个女人漫步江边，不过是某个男人或女人，不过是喝喝咖啡聊聊天，倘若一个对手也没有，似乎不足以说明其魅力，倘若太多，又是不允许，似乎自己不足以被重视。货币哲学家说：正是由于卖弄风情的游戏提前预告了一部分幸福感，使得这种关系的悲剧性，隐藏在最令人陶醉的形式背后。

"上海下雨了。"他的声音多了一点忧郁。

"天气影响你的情绪？"

"有时候会这样。"

过了一会儿，他突然问："你是长发还是短发？"

"曾经是长发，现在是短发。"

"为什么剪掉呢……"他似乎很惋惜。不等她反问，他继续说话，又像自说自话。

随着现代女性的崛起，电影也开始教女人们在恋爱里变聪明。男人没有打电话，原因如下：开会正忙，手机没电，睡觉忘了，等等。不。这统统是女人蒙蔽自身的借口。原因只有一个：他其实没那么喜欢你。如果他喜欢你，纵使电话簿上有100个叫"曼玉"的人，他会一个个号码打过去，直到找到他的那个"曼玉"。

她也想写一本教男人们在恋爱里变聪明的书。两性关系这门课，男女都是学生。只是不知道，这是否也过时了。今天的性别，不再是简单的二元论，今天的爱情，也不再是单一的异性恋。它们正以复杂的交配，变幻出万花筒般的形态。比如，对于一位男性装扮、既爱男人也爱女人的女性，恰当的称谓既非"他"亦非"她"，而是：They。对于这样一位身为"TA们"的人类，该怎么写一本《男人来自火星、女人来自金星》的书呢？

但是，最酷的导演昆汀和诺兰可以逆流而上，在数字时代捍卫胶片，捍卫一种昂贵的美学与价值，那么她也可以继续做老派的人。她觉得男性的盲区常常是：看不到自己。比如，此刻，这位上海男子的样子，自我沉浸式的说话，不顾及电话那边的女孩，不知道她会不会认真地听、仔细地品，再从看似不相关的信息中分析出男人深埋的心语、不轻易示人的秘密。男人的话语是能指，女人的分析是所指。女人是天生的符号学家，她们在蛛丝马迹里读史。并且，做这一切的时候是悄无声息的。一旦在心里提炼出分析结果，她们便据此来调整与男人的关系，变化隐秘发生，直到情势陡转直下，男人方才叹息：女人是捉摸不透的动物。布努埃尔拍《欲望的隐晦目的》，大胆地让两个女演员饰同一个角色：诱惑男人时，弗拉门戈式的女孩出现，抗拒男人时，冰山美人式的女孩出现。为什么？他和妻子一起生活了四十年，仍然感到不认识她。

"我认识一个女人，一个标准的白领小姐，在汇丰银行做事，英语很好，人也温存，一头长发，素面朝天。认识她时，我刚刚结婚，我们每周见一次，一年后她告诉我要移民加拿大，要我一起走，我没有答应，也没去送她。"

"遗憾吗？"

"有点。毕竟她是一个很优秀的女人。不过我不后悔，妻子陪我一路苦过来，我们也能一路好下去。人要有良心。"

过了一会儿，他说："你的声音很像她，声音温存，人也应该温存吧。"

这是他的故事。

这个故事被她提炼出两点：（一）他有过婚外情的前科；（二）她被他幻想为前情人的替身。前者，说明他是个"惯犯"；后者，说明他是个自大狂。不是因为她是她，而是因为她像"她"。

她没有想象过具体的他。但是对于爱情的想象，她早就有了。母亲做图书管理员的时候，在图书馆里她读了太多言情小说，灰姑娘式的，简·爱式的，亦舒式的，奥斯汀式的……她想要的爱情，是《断背山》那样的，无关他人，甚至无关性别与性，只是杰克与恩尼斯，是两个灵魂别无他法的爱——"我想你想到无法承受。"

这个时代的手写书信，不多了吧？他在酒店里看完她写给他的第一封信，立即打来电话。

他说：信很打动他。

他不知道，这封信如同宿命，是注定的。她对适应人群有一种巨大的才能，他们需要什么，喜欢什么，她嗅得到。他们希望她是柔情蜜意的，那么她就柔情蜜意；希望她是个性十足的，那么她就个性十足；如果需要一种反差，在她的落魄里照出他的完满，那么就给他一个落魄。某些人是她的肌肉，某些人是她的骨骼，还有一些人是她的黑色发梢。她可以是任何人。她是拼贴而成的一个人：一块桑波缎丝绸，一块沸腾钢，一块科罗拉多蓝杉树皮，以及一块会呼吸的纳米布。这个难以归类的混血儿，也许天性如此，也许是在寄人篱下和长期不确定中训就的生活哲学。好比生于街头的人，有一种游刃有余的街头智慧。

只在夜深人静时，她偶尔会怅惘：我想要的是什么？我需要的是什么？

古训："相互为钓，相互为游鱼。"他的情义，是她看重的；他的身份，又是她排斥的。于是她扮演了一个既后退又前进的角色，是钓者，也是游鱼。

夜晚跑步的时候，她在心里一字一句地念着那封信，反复被自己打动。同时，又对那封信流露出来的隐秘情绪感到厌恶。免不了青春的自怜，好像在寻求一种同情。由于逆反，她形成了某种无动于衷的性情，如果向他人寻求同情，她就会像看到父亲一样看到自己。无需同情，也无需被同情。

父亲曾无数次说："我和你妈妈身体都不好，你们要懂事，没有了我们，你们会很可怜的。"他的胃病，是自然灾害饿的，也是长期野外作业导致的。但是显然，他的胃没有妻子的肺更引人注目。母亲的身体，压倒了他的身体。可能由于没能得到同等的关爱，他觉得被忽略了。况且他是男人，一家之长。她的姥爷，就是典型的一家之长，并非专制，而是威严。姥姥做家务，晚饭时看《新闻联播》是雷打不动的法则。

而在她的家，母亲的身体是第一性的，父亲的身体是第二性的。对于一个男人，也许滋味不好受，不单是照料她的辛苦。因此提请孩子们注意到他的身体，说这些话的时候，他是温和的，有礼的，甚至有点恳求同情和爱。可是，让孩子在弱小的年纪分担大人的不幸也许有失公平。高考那年，她落榜了，有一天，同学们来家里看望她，灰暗的心情暂时明快起来。正说笑着，他走进来。她介绍，这是爸爸，这是同学。对这个友好的气氛，他并没有给好脸色。"跟学校联系好复读了吗？""还没有。""那你准备干吗？在家待着？"冷得可以吓哭她，也吓坏了她的同学。很久以后她终于翻出这件事，他笑着道歉："那时候年轻，不懂。"

他的乞怜与严苛，如同冰火两重天，交替出现在她面前。她无法对"父亲"这个角色抱以同情。这应该是一个英雄的角色，一个男子汉的角色，像《教父》那样：全部的坚强，是为了保护家人；女人和小孩可以犯错，男人不行。

拿起电话，对方占线，原来他正在拨给她。某一刻很想接到他的电话，他恰好就在那一刻打来。他往返青岛数次，有一次说，周四再去，不换酒店。她一直记着，一直等着，从周一等到周四，当拨通电话，她却迟疑了，为什么守着他的一句话像守着一个真理？

　　"是你吗？"

　　"怎么知道是我？"

　　"没人知道这个电话，除了你。"

　　"只是想问候你，你说过今天来。"

　　"我很开心，随口一句，却被你记住了。"

　　那天，两人说了很多话，双双动了情。自从相识，还没有这么亲密过，并且小心翼翼地呵护这份亲密，温言软语的，耳朵紧贴嘴巴。

　　收到第一封信的时候，他说："字漂亮，文笔好，但是遗憾，没有你的照片。"走出"深蓝"一周后，照片冲出来，于是有了第二封信。然而做这一切的时候，她又有所迟疑。送出照片就等于送出了隐私，而她还不"认识"他。在隐私面前，她是个高语境成员，不习惯被他人进入。

有个不妨拿来做注脚的例子是：《朗读者》。一个女人与一个青春期男孩发生了不伦之恋，每次做爱前，她喜欢听他朗读一段名著。她不曾与任何人体验过这样的亲密，她在自己周围竖起一道墙，让谁进来，与谁相爱，这是崭新的，之前她从没过。有一天，他们外出用餐，她手里拿着菜单脸上忽然惊慌失色，赶紧把菜单交给他，把点菜权交给他。那可真是惊恐的一刻啊。她害怕他对她说："亲爱的，看看菜单上，你想吃什么？"她不愿意她的爱人乃至别人，看到这个恋爱中的美丽女人：竟然不识字。保守文盲的秘密便成为她生命中最重要的事。那意味着她是谁。她穿着它就像穿着一件大斗篷，藏在背后做了任何她能做的事，无论是在温柔亲密的关系中，还是接受莫须有的罪名和二十年的监禁。

而她，这个女孩，也在自己周围竖起一道墙，让谁进来，与谁相爱，也是崭新的，之前她从没有过。有人因此这样说：她很狡猾。他／她们的事，她都了解，她是如此善解人意，他／她们愿意让她了解。而她，他／她们从不了解。

悲观是她的基调。五六岁就在担忧：死了怎么办？有一次，母亲被一个强壮的妇女背着送进救护车，警笛尖叫，围了很多人。没有人顾及她这个小女孩。她茫然地跟着围观，像在看别人家的热闹。她觉得自己生活在大庭广众之下。人人知道她母亲有病，人人看到她母亲被送往医院，人人见证了与她家有关的这场热闹。她觉得，自己不再有隐私，她的家不再有隐私。童年小伙伴的母亲，嗓门大，走路风风火火，性情有些粗糙，不很优雅，不很高贵。但是她仍然希望，她的母亲能够像其他的母亲那样，健健康康，进进出出，爱说爱笑的。但是因为生病，在普遍的母亲中，她的母亲并不普遍。

她一直生活在这样的场景里，可怜的母亲不知道什么时候就会大病一场。因为母亲的病，在普遍的小孩中，她也并不普遍。不惹母亲生气，好好学习让母亲高兴，把最大的苹果留给母亲，第二大的苹果留给父亲，然后左权衡右权衡，与哥哥瓜分剩下的两个小苹果。她甚至懂得默默倾听父亲的阴郁，她是他的知己、朋友，她在童年就变成了一个大人。

她讨厌这一切，怨恨这一切，这一切剥夺了她无忧无虑的权利，一个小孩的天赋权利。小孩子都是好奇的，向大人要这要那，她从不，在一个又一个亲戚家寄人篱下，她觉得自己没有这种特权。有一次在医院里看到母亲拿一只漂亮的手帕擦汗，她就疯狂迷恋上手帕。只要父亲带她去百货大楼，她总要对着一块手帕发起持久的进攻，尽管她的抽屉里已经整整齐齐摆放了很多新手帕，仍然以父亲掏出钱包再往里面加上一块而告终。真是一种奇怪的恋物癖啊。她也不明白为什么，但是那些手帕多少抚慰了她卑微孤独的少女心。

等母亲身体好起来，父亲接她回家。某一个冬天的日子，家里的炉火烧得很旺，上午，母亲教她做算术，吃过饭，她们在午后的阳光里美美地睡在一起。醒来，莫名地忧郁，不说话。母亲把她搂在怀里。有个阿姨在场，看到那情景，善意地打趣："这么大了还让妈妈抱着，羞不羞？"她没理会。母亲很少抱她，但是那天精神好，把她搂在怀里，温柔地摇晃，像哄一个小婴儿。这样过了一会儿，她的忧郁就好起来。待母亲再次病发，这样的午睡就被切断，她突然恨母亲，无法保证她的幸福。

母亲在病床上，嘱咐邻居在生日那天带她去照相馆拍照，给她留下人生的纪念，不要像自己一样，处处充满遗憾。她并不礼遇这份温柔的心意，只感到照片上的小姑娘不好看，一脸的倔强与忧郁，于是气急败坏地把母亲推到墙角："都是你，偏要我照相，多难看。"母亲很柔弱，实际她刚刚从死神那里回来，她无比柔弱、无比善良地看着小女孩，温顺地笑着，"我觉得我的女儿很好看。"长大后，某个午睡醒来，她依然会被一种相似的绝望和忧郁攫住，没有名堂，无法言说。

《抵挡太平洋的堤坝》里，暴戾混账的大哥，说过的唯一一句温柔的话，是关于他们的母亲："我不会像爱她那样，再爱任何女人了。"

她，也不会像爱母亲那样，再爱任何人了。

恋人絮语

一天深夜，他在珠海叫醒她。

"我喜欢你。你喜欢我吗?"

她不知道说什么。

"我喜欢你。你喜欢我吗?"

"我不习惯，对我来说，这有点难。"

"会习惯的。试试看，不难。喜欢我吗?"

在海边，他打开手机，让浪花在她的耳朵里翻涌。

"喜欢吗？"

"喜欢。"

"说你喜欢我。"

"……我喜欢你。"

他教会她说话。在爱的语言方面，她是个未开化的蒙昧人，被他牵着，一点点张开口。

关于爱情，她的母亲，想过吗？她从不谈论这方面。不过她对于两个孩子的计划却很鲜明，就是要做有出息的人。由于姥爷的资本家身份，她被下放农村当过乡村教师，回城做过旅行社服务员、图书管理员、企业会计。这个资本家的女儿，一定有着更高远的梦想，她的素质很好，有才华，讲原则，沉着冷静，与人为善。喜欢看书报杂志、电影，也会谈谈明星八卦。她带女儿看《泪痕》，里面有个疯女人，披头散发唱着"我心中的玫瑰"。她觉得，那个疯女人和母亲有几分相像，不是疯，是某种纯粹和优雅。在那么一个小城，那么一个活色生香的家属院，《泪痕》显示了她是多么与众不同。

她也读时事。报纸上有什么新闻，会说两句，但从不激烈。姨妈却喜欢在子女面前讲故事，比如她和前大学教师／后文化局局长的姨夫早年的师生恋，她发烧了，他抱起她，往医院跑，追忆里分明有着对甜蜜的小小炫耀。讲到姥爷当时的处境，她又立刻伤心地哭起来。母亲不谈论这些，关于自己，关于他人，都不大谈论。不会像姨妈那样哭着笑着爱恨，也许是病痛不可避免地消耗了她的气力。

直到心智成熟后，她才理解母亲本质里暗藏的女性意识。那时候，家属院里不工作的女人多被冠以夫姓，再根据丈夫的辈分和身份给予某种称谓，比如丈夫姓李，她被称作李婶或李嫂。母亲也被人这么叫。可能因为长年病休，被归为家庭妇女的行列。她很反感这个称呼，多次严肃地向父亲提出，她有自己的姓氏和身份，他应该让大家更正过来。

遗憾啊，永远没有机会了，去深入这个沉静的女人。这样的母亲，她忍不住想象，如果读了大学，会不会是另一种人生？有更好的工作，嫁给一个门当户对的人，生活不是这样拮据。他们家，真是清贫，写字本都是缺乏的，用完正面用反面，铅笔要用到头为止。兄妹俩从没有过零花钱，其他小孩经常拿着冰棍、糖葫芦、棒棒糖，换着花样买。有一次，她想吃棉花糖，母亲说，快吃午饭了，不要吃零食了。她坚持要吃。母亲没说话，过了一会儿，把钱给她了。她心里非常高兴，甚至有点扬眉吐气，终于可以像别的小孩那样去买零食吃啦。八十年代，棉花糖几分钱一个。她吃得美滋滋，回到家还念叨，真好吃。母亲也许没听到，也许听到了，但是没有说话。她看见母亲端着一盆水要去倒掉，是刚洗完衣服的水，木盆很大，她端着木盆的手臂那么瘦弱，于是木盆显得特别大、特别重。那个木盆，一下子压垮了她，她再也没要过零花钱，直到十几岁，都不太会处置装在自己口袋里的钱。

母亲的另一个人生，寄托在她身上，这实在是个大压力。她总是羡慕姨妈家的两个表姐，生活对于她们，太轻快了，初中就懂得享受，不仅穿衣打扮，还学会了谈恋爱。她们是她最早的偶像，美人。长大后，姐妹俩没考上大学，至今生活在小城。大表姐胖了，黑了，邋遢了。生了女儿后，拗不过夫家传宗接代的老观念，又生了儿子，用手给儿子擦脸，一把鼻涕一把泪，再抹在自己的衣服上。小表姐大声呵斥着丈夫和孩子，最大的爱好是漂亮衣服，唯一的事业是男女之事，在一次次的婚外情中弄垮了身心："我就像一块抹布，被男人用完就弃掉。"

至于她这个表妹，对潮流里的事、人群里的事，都不热衷。每次读《一只特立独行的猪》，她都要笑出声。这只猪，跑起来像颗鱼雷，根本不在猪圈里待，吃饱了就跳上屋顶晒太阳，看不上猪圈里被生育弄得身材走形的母猪，跑到附近村子找它心仪的母猪，被老乡骂作不正经。它还喜欢模仿各种声音，自从学了汽笛叫，就提早了下地干活人的收工时间。由于种种不安分，队里领导多次要劁掉它，绳索，刀，还布置了枪手，均不能成。最后彻底逃掉，在森林里呼啸而过，竟然长出了獠牙。它是她的同类，她的知己。

放学后，小伙伴自由组合，疯玩一场，而她总在想，还是回家帮妈妈做事吧。久而久之，他们不再招呼她。早晨抱着奶锅打牛奶，碰到他们，听他们嘟囔：真烦人，我不喜欢喝牛奶，可我妈总逼着我喝，说牛奶有营养。她感到异常震惊，自己怎么跟人家很不一样，她买回去的牛奶是给母亲喝的，她很想喝牛奶，他们却那么讨厌喝牛奶。

总是有一种孤立失群的情绪，无端笼罩着这个女孩。她拼命学习，上台领奖的时刻，有一种呼之欲出的快意，她不再是失群的，她正统治着群体的目光。可是下了台，她又感到自己身处他人之外。许多年来，许多年后，她总是感到孤独。

两个表姐，早年活泼泼的美人，都不美了。败给了小城。也许所有发展中国家，都有着似曾相识的故事。知识分子导演锡兰，从不向你炫耀大都会的华美，相反，总是带你来到荒寒的高原或偏远的村庄。《小亚细亚往事》中，一群从伊斯坦布尔来的男人，途经高原小镇，夜宿村长家。停电了，村长的女儿点着蜡烛给男人们倒茶。她的美，惊醒了每一个人。他们叹息着："可惜了！可惜了!"

锡兰的小镇和表姐的小城，本质上没有不同——没有未来。小城看不到杜拉斯的法国少女所看到的：不是美，是别的什么，比如个性。有一次，她跟小表姐的丈夫玩牌，他输得很惨。他说："你和你表姐最大的区别就在这儿。你有头脑。"

她这个丑小鸭，倒是越来越美。倘若这么看，母亲那些曾令她愤恨的计划似乎值得称道了。不过针对男人的计划，母亲应该没有。暧昧的夜晚，都是父亲在轻轻呼唤。她总是柔弱无力的。她要母亲打扮打扮，她总是说，给谁看呢，又不出门。关于性感的语言，她没有什么可以传授给女儿的。

北京—上海，半年的声音交流，灵魂与灵魂率先见面。

为了训练她，他要求每次结束通话的时候，对他说一句"好听的"。于是诞生了一个新游戏。每开发出一个新品种，她都兴奋不已。二十岁的情话，二十六岁刚刚说，热情和认真却是二十岁都不及的。那个冬天的使命变得简单而明确：发明——好听的。

"我想你，想念重达一公斤。"

"我们的关系是一个全新的篇章，序言，或者一个词语的前缀。"

她的家，没有这些话。她的家并非冷漠，但缺少了什么。对，爱的语言。他们家没有鼓励。赞美自己的小孩，或者，骄傲地加以肯定，她的父母从不。她的家也没有乐观，心总是揪着。一天夜里，她不知被什么惊醒，客厅里，好像邻居家的妈妈也在，听到她在劝：
"算啦，别打了，小孩子嘛，有几个不调皮的？长大就
知道学习了。"一定是哥哥又挨打了。学习一旦滑坡，
父亲就打。哥哥很倔强，不逃跑，不反抗，不求饶。他
从不哭，想必那天打得重，她听到他哭了，不出声，但
是她听到他哭得非常伤心。

　　小学二年级，她没有拿到第一，父亲回到家，得知
这个消息，脸色阴沉下来，只说了一句："这个暑假，
你就待在家里，哪儿也不许去，给我好好学习。"当晚
她躲去邻居家看电视，不敢回家。他来找，脸色，语
气，阴沉至极。

　　"回家。"

　　邻居家的妈妈赶紧笑着解围："刚考完试，休息休
息嘛。"

　　"回家。"

　　难堪极了。难过极了。躺在床上，默默哭了一夜。

　　他们两个都不再活泼，不像别的小孩那样七嘴八舌

打打闹闹，让人由衷地艳羡。或许这也是那个年代的中国家庭，被贫穷、匮乏、疾病所困。作为这样一个家庭里的男人，一定感到沉重，于是对两个小孩满怀希望，不进取，哪里有出路。父亲是村里唯一考进县城的孩子，完全能够上大学，但是家里穷。到了城市，出身上的优越使这个工人得以与资本家小姐结合。母亲看不上他的家庭，又受经济局限，父亲多年来很少回家乡。有一次，他提到他的母亲，她记得很清楚，他的语气异常之重："我是个不孝之子。"他的母亲早年守寡，独自把六个孩子抚养成人，为了父亲的学费，她低下头向邻里街坊一家家借钱。他永远忘不了，永远痛，因此也永远皱着眉头。等她渐渐有了某种意识，希望气氛能够松弛一些，于是小心地说："爸爸，别老皱着眉头好吗？我们会很紧张。"

"我什么时候皱眉头了？"

"经常。"

他突然很烦躁，"你总看我的眉毛干什么?！"

一天清早，她不小心碰翻了奶锅，牛奶洒了一地，顿时心里一紧，等待着，等待着，势必会来的一场爆发。"你眼睛看不见吗?!"他用脸色杀人，也用严苛杀人。母亲站在他一边，不许她顶撞，"还不赶快擦干净地板？"那一刻，她委屈极了。她顶撞他，是为母亲复仇，而母亲什么都不知道。她打开门跑出去，好多天没有回家。

有一次说到母亲的身材，他说，那是骷髅。虽然是玩笑，但她恨他，又没有办法带走母亲，让她受制于他的嘲讽，以及同一屋檐下的公然背叛。

好多天后回到家，一进门，母亲灿烂地对着她笑。这样的，主动的甚至讨好的笑容，在她是少有的。可能她觉得自己让女儿难过了，想用笑容道歉。她没有回应母亲的笑，也没有看她。母亲哭了。他说："你妈妈一直等你回来，不要这样。"

她在心里哭了。

文学里，电影里，人们喜欢说："我愿为你而死。"

那通常是爱情。她不是。

这世上如果有一个人，是她毫不犹豫为之赴死的、宁愿用自己的生命去交换的，就是母亲。有时她很想逃离这个家，远远的，远远的，不是不爱，而是太爱。爱是什么？杜拉斯把太平洋边一块盐碱地上绝望的母亲的故事讲了一辈子，讲的就是这个——爱，是绵绵无期的苦役。

夜过黄浦大桥，他打来电话。"这里在放烟花，把天空照了个通明，虽是冬天，倒像一个暖融融的春夜。"突然声音变得沉郁，"我现在心里很乱。"

"怎么了？"

"很想你。"

两个人没有见过面，便有了想念，想念的是什么呢？并不知道想念的是谁，可就是想念。

有一天，他对她说："如果你有什么不开心，一定要跟我讲。"

这句话，让她想了很久。哥哥从不这么说话。在他们之间，始终有沉默从中作梗。也有过冲动，想走过去，和他说说话，我有心事，很不开心，想跟你讲讲，或者任何开场白都不要，无主题。她甚至想象，火车上，公园里，随便哪个人，倘若有一副这样的心肠，愿意交流一下，她都会向他走过去。

她认为兄妹俩应该结成同盟，彼此抚慰。但是他不要她。有回她站在床上玩，他飞快地扔来一只三角板，尖锐的一角把她的膝盖扎破，渗出血。她含泪看着他，他眼睛里在笑。她不知道他的笑容是真是假，恶毒还是戏耍。也许是把对父亲的愤恨迁怒于她，父亲宠爱的小女儿。她动他的东西，他会厌烦，她讨好地跟他说话，他也厌烦。他在另一个城市读高中，那一年，春游经过他的学校，她跑去看他，天很热，她像其他同学那样买了一支软管饮料，但是舍不得喝，一路上只喝水壶里没有味道的白开水。甜甜的饮料一直给他留着，见到他，递给他，看他喝的时候，心里非常高兴。

她就是这样爱他的。

他总是把她推出去。

所以当听到"你有什么不开心，一定要跟我讲"，在她心里，他立刻变成了亲人。

少许灰烬

圣诞节到了。

他寄来圣诞卡,还有一张他的名片。那是她第一次见到"他"。硬朗的钢笔字,简约的风格。他的名片做了她的书签,翻开书,就看到他。

每天长跑十五圈,为了挑战意志的极限。他打趣:"一定是爱情的力量。"爱情是什么?属于本能吗?如果爱情属于本能,那么本能需要反思吗?如果本能需要反思，那么饿了吃、困了睡是不是也有问题？她是不是乱了？

新年回家，照片上的那个女人一定要问，有男朋友了吗？你这样的年纪不能再耽搁了。女人总是感到困惑，这个二十六岁的姑娘，为什么不谈恋爱？为什么不嫁人？

二十六岁的姑娘该干什么呢？在丈夫的怀里沉睡，在未婚夫的家里包饺子，在镜子前梳妆准备约会男友？总之，不该在寒冷的清晨，裹在毛毯里，想一个没有见过的人，爱一个不能爱的人。

"我们不如到此为止吧。"

他感到很突兀。"你认为这样更好？"

"是。"

"那好吧，祝你幸福。"

放下电话，她一动不动，手脚冰凉，好像失去了亲人。有些事情尚未发生，结局便已写好。她的母亲，还在婴儿的时候就明白是个悲剧，外婆坐月子坐得胆战心惊，房间密闭，炕头火烫，无知啊，使家里第一个孩子从小就无辜地背负起一身病。一种慢性病，侵蚀，消耗，直到尽头。

跳出毯子，来到人群，人群里都是他。傍晚回来，房间里都是他，吃饭，饭里也是他。电话响了。

"上午很忙，不方便多说。中午找你，你不在。"停顿了一会儿，他带着一种笃定的语气说，"不要说傻话，我喜欢你，别说傻话。"

她迟疑了一下，还是问了："你在乎吗？"

"非常。不要伤害它，让我们好好的，好吗？"

放假离京，他要求，走到哪里都要告诉他，他必须掌握她的安全，这是命令。这命令可真甜蜜。他说他们已经见过面了，声音，灵魂。未来真的见到，不过是把这些落实在一个躯体上，把说过的话放进那个嘴巴。不过如此，还有什么值得担忧呢？

是啊，还有什么值得担忧呢？

她从未设想过情人是怎样一种人，是不是该承担一种身份政治。

　　十五岁那年，一个初夏的清晨，她在客厅的单人床上熟睡。好像传来一阵凳子被碰倒的声音，动静很大。然后是母亲的声音，"轻点儿，别吵醒大家"，好像在说父亲。母亲的声音来自相反的方向，好像不在碰倒凳子的房间。她的意识开始慢慢流动，碰倒的凳子应该在姨妈的房间，姨妈从外城来看母亲。她突然警觉起来，父亲碰倒凳子的房间，也就是姨妈睡觉的房间。只听他把凳子扶起来，她急着再听，屏息凝气，听他走出来。所以，尽管随后的声音并不大，甚至可以说隐秘，她还是捕捉到了。

　　夏天，床上铺着凉席，正是凉席泄露了秘密。倘若是棉布床单，这个声音将被绵密的纹理吸纳，永不可知了。她没有听到他走出来。只有凉席上的摩擦声。不像一个人翻身的声音，比翻身的声音长得多，恣肆得多，那个声音更加杂乱无章，又有进有退。她绞尽脑汁分

53

辨，那个声音是什么。只有父亲和姨妈在里面，一刹那，她明白了。十五六岁，并不清楚那回事究竟是怎么回事，但她坚信那个声音就是那回事。

不知过了多久，大人们陆续起床，洗漱，说话，做早餐。母亲走过来，揪着她的鼻子说："小懒虫，还不起床吗？"她盯着母亲的眼睛，一直看到底，那双温润的眼睛里什么也没有。凳子所在的房间最靠近门，母亲的房间最远离门，她睡的客厅连接着它们。也就是说，母亲可能没有听到。

自"凉席上的声音"之后，她几乎对父亲犯下了所有罪行。他向来钟爱的小女儿，一夜间乖戾得像一头小豹子，处处跟他对着干。有一次，她从寄宿的亲戚家回来，假期后重返，他送她去车站。她不让。他跟在后面，坚持要送。她站住，他只好站住。她走，他也走。她再站住，他只好再站住。几番之后，她成功甩掉他。无需回头，她都看得见锁在他眉头和心里的忧伤，而她恶狠狠地享受着这份暴虐的快感。

那个初夏清晨之后，她渐渐发觉，他总在她面前不经意提及，"最近你姨妈很少打电话了"，"你姨妈最近很少来了"，"不知你姨妈最近怎么样"。她想杀了他。他以为她什么都不懂，他心里想她，又不能跟谁讲，除了这个不谙世事的小女孩，但小女孩不是傻瓜。她替他做着比较：那个女人，风韵犹存，活泼又浪漫，看电视剧会掉眼泪；这个女人，病病歪歪，没精打采，毫无风情。他对母亲如果有爱，也是同情的、怜悯的，母亲对他的忠贞，对他的信赖，正是对这一切的责任，令他对她好。总之，她就是这么认为的。

她被寄放在小城亲戚家，正是那位睡在凳子被碰倒的房间里的姨妈家。以前她是多么喜欢这个家，姨妈热情活泼，充满生趣，两个表姐身上的衣服永远漂亮。而真正属于她的第一条裙子，是在一年级的"六一儿童节"得来的，学校有活动，要求女生穿裙子。那是一条连衣裙，母亲并不赞成连衣裙，做成上下分开的，随便一件上衣或者短裤都可以再和它们搭配，轮换着穿，相当于好几件了。但是她坚持。她从来没有过连衣裙。连衣裙好看。这才定下来。那条裙子，白底上印着不同颜色的花朵，领口是漂亮的V形，最要命是它的腰带，系在身后，一个周身旋转，裙摆就飞扬起来，其他女生经常这么玩。刚穿上身，她首先做了个周身旋转，急着求证一下自己也可以像一只花蝴蝶。大小正合适，看来母亲决意要纵容女儿一次了。她小时候的衣服永远是不合身的，小孩子长得快，衣服做得正合适，不多久就不能穿，所以她的新衣服总是很宽大。两个表姐的衣服，一旦不合身了，不喜欢了，就由她来接替，可她们的衣服穿在她身上还是宽大。她们身材丰满，被滋养得白白嫩嫩。姨妈是个好主妇，家里的饭菜花样繁多，求姨夫办事的人总是送来那个年代稀罕的点心。丰衣足食，这是这个家庭最吸引她的。

这个美不胜收的家，如今变了。但是她很乖巧，她必须住在这里，于是什么也不流露。女孩的花季，正是在这个小城，凋谢了。十六岁，是长发轻轻掠过高年级男生的手臂都会小小战栗的年纪，真是花儿呀，娇柔羞涩。小城，粗暴地碾碎了这朵花儿。她对男性浑然无觉的接受进程，戛然而止。那个年代的小城，夜晚是空荡的，黑暗的，灯光深藏在每一扇大门的背后。晚自习后，她一个人回家，突然发现一个黑影跟着她，她快走，黑影也快走，追上她，在她的反抗中抓破了她的嘴，手背被他身上的硬物刮伤，她拼命喊，大门里的人闻声而出，黑影迅速逃走。回到家，嘴唇，手背，都流着血。她垂头而立，像一片落叶，在风中瑟瑟发抖。

从此，当陌生的男性经过身边，她立刻躲开。直到有一天，遇到了另一个陌生的男人。那个人并没有带来暴力，但是他把她的手，强行放在黑暗中的性器上。这个神秘而未知的男性领域，就这么措手不及地，向她敞开了。这个开场未免太早了，她的身体安然无恙，但是她的童贞，被摧毁了。回到家，她拼命洗手，没完没了地洗，还是洗不掉，她因此想把那只手弃掉。这个女孩，曾经付出了怎样的意志力来抵抗那只手上的羞耻？

她多么希望有个人能够帮帮她，可是不敢开口。她感到羞耻，巨大而肮脏的羞耻，她必须埋首走路，随时随刻收起那只手。睁开眼睛，闭上眼睛，都是性器。主宰她少女时代的，就是那么一个巨大而可怕的性器。她无法处置男性，当她看他时，他就变成了性器。她开始贪图喧嚣的大都市，这里面有一个动机，这个动机是朴素的、无助的：在大都市，永远有霓虹灯闪烁。

青梅竹马的男孩，找了她很多年，写了很多封信，千辛万苦终于找到她，夜风里，过马路的时候，他的手臂温柔地揽住她的腰，她挣脱出来。

大学一年级的男生，在她生日那天，一直等在教室外面，等着为她庆祝。他满脸笑容祝她生日快乐，她说了句谢谢，扭头就走。夜晚，他把她从楼上叫下来，看上去喝了不少酒，他说："真有点伤心呢。"

广告公司的一个客户，自小习画，用望远镜从后窗偷窥对面的裸体女人，读黑格尔美学，一度将她视作他的"罗丹的学生"。她参加考试，他在远游途中做了这样的事：为她整夜祈祷。她果然考上了。母亲去世的日子，他闻讯而来，"必须让我为你做点儿什么，让我给你关爱。"他牵着她的手走进汽车，她把头慢慢靠在他肩上，重心暂时移交给这四十岁的男人，像一帧黑白老电影里的慢镜头。靠在他肩头的，日后成为他永远怀念的，他说那不是她，但也是她。他把她抱在怀里，温存地想吻她，她推开了他。

这一切，她的母亲并不了解。对于男人，对于忠诚，对于爱，从前的美好幻想统统粉碎。那是一场一个人的战争。孤独。噬骨。对父亲的不信任，连带对男性的不信任，让她将他们全部拒之门外，精神的，身体的。

她带着对父亲的神秘仇恨前行了许多年，似乎也把对男性的仇恨一并放在他身上。直到母亲最后一次入院。两人轮流去医院陪侍，那天她在家里看书，父亲带回来一个晴天霹雳：母亲病危。她一下子愣住了。

这个男人，变得很不一样，她几乎带着新的眼睛去

59

看他。

"就是倾家荡产，也要把她救回来。"

"以前有过这种情形。年轻时发过好几回病危通知书，最后都挺过去了。这次也能挺过去。"

"医生说，这是一种逐渐损耗的病。她的器官快到头了。如果这次能够度过去，我立即把她送到疗养院，那里的环境非常适合她养病。"

他一直在说，非常坚定。他过去对她说话，时而有些寻求同情或慰藉的成分，今天不。他不是来跟她商量的，也不需要她的回应，好像根本用不着跟她这个小孩一起来决定什么，他已经把事情决定好了。这个男人，算得上有毅力，十年如一日坚持晨跑，但是这样的铁的坚决，她还没有见过。

事情没完，他继续说。

"她让我们两个吃得好点，这些天辛苦了。"

"真是个好女人，真是善良的女人。自己都这样了，还不忘记嘱咐我们。"

好女人。他好像没有这么形容过母亲，他当然会觉得她有好的地方，但是没有这么明确过。他说这话的时候，又是铁的坚决。这个男人被他的好女人融化了，满腔柔情，要为她拼尽一切。

然而在他心意已决的时候，心电仪上母亲的心跳连成一条直线。以前存在于电影电视里的画面，现在走进了她自己的故事。医生宣布放弃。他站在她床前。围在四周的亲人满脸是泪。他没有流泪。人们看着他。这个男人，一动不动。突然，他声音哽咽，向后瘫倒，放声大哭。他吓住了女儿。她从没有见过这个男人这个样子。她通过日日夜夜的流泪慢慢做着准备，然而他是那么突如其来，如同一座城堡的坍塌，意志的，生命的，一切的，全然瓦解。他撑了一辈子。好像他的一辈子，都在那坍塌和恸哭里付之东流。他的历史完结了，意义完结了。在那个女人完结的时候，他也完结了。人们大叫着搀住他，被一个年轻男子背走。

"就算她永远躺在床上，人还在。人不在了，什么都没了。我宁可她躺在床上，永远伺候她。"

等到平静下来，他这么说。

她相信这些话。这是他真心想说的。你完全可以替他做出另一种想象，他终于卸下了包袱，轻松上阵，焕然一新：一个漂亮健康的女人在等着他。事实正如此，当得知这个男人失去伴侣，不少年轻漂亮的女人托人求亲甚至毛遂自荐。她甚至看过其中一封信。她们认为他正直廉洁，一辈子没有绯闻，是个好男人。他家里的那个女人有时不这么看，有时她会不顾他的尊严说出很坏的话，"你不像一个男人。"有时，他是不像。但是她这个女人就尽职尽责了吗？她不具备这个条件，没有一个好身体。好多该她做的事，他替她做了。做饭，洗衣，给女儿梳小辫，梳得乱七八糟，但不能怪他，手指那么粗，怎么对付这么细软的头发？这些时间和精力，也许可以用在事业上从而取得更大的成就，他有这个能力。所以他也反击过很坏的话，"你这个丧门星"。他们不太会说难听的话，这些话是他们的语言极限。在他们心里，无法言传的悲情，同样稠密。女儿不知道，这些话有没有伤害两人的感情，但是伤害过她。她替他们恨对方，也替他们爱对方。

周年祭，一家人来到墓园。他拿出写给母亲的诗，应该很长，单从那沓厚厚的信纸来看。他站在墓碑前，墓碑上有母亲的照片，他对着她，郑重地，默然地，三鞠躬。他没有当场把诗念给她，而是把诗稿永久留在安放她骨灰盒的小房子里。女儿也没有读过那首诗。他的诗意，他的未曾公开的诗意，恐怕只有母亲知道了。

她在一旁看着。他的郑重、虔诚，全部看在眼里。这是一个新的发现。让这个乖戾已久的小女儿重新爱上他，一如曾经爱过他那样。这些年，她摇摇欲坠。那一段危机，时刻箭在弦上。他的三鞠躬，他的诗，他的坍塌和恸哭，让她忽然轻松了。她甚至开始怀疑起多年前那个初夏清晨的声音，就让真相在扑朔迷离中永不得知吧，她已经不再在乎真相了。仿佛列车驶出无尽的黑暗隧道，刹那间，豁然明亮。

她获得了一种曼德拉式的自由——当走出禁闭了多年的监狱时，他对自己说："如果我还怀有恨，那么我就还没有走出这扇门。"当走出禁闭了多年的"监狱"时，她觉得自己可以了：去爱一场，去爱一个男人。

所以，她一点儿也不介意情人是什么。

有一次，一个朋友谈及人生观："我努力寻求正确地活着。"

对她而言，"正确"，是一种极权主义。

《洛丽塔》之父纳博科夫说："深感亨伯特与洛丽塔的关系不道德的，不是我，是亨伯特自己。他在乎，我不在乎。"

她也不在乎。

奥登在他的四行诗里写道：知识分子这个词，是指对妻子不忠实的人。在她看来，"情人"这个概念尚未被赋予书写权，它是边缘的、默然的、个体的，但又不同于同性恋或易性癖——它们被诉诸科学，一旦基因专家找到生物学上的解释，比如说，染色体先天排列造成的性反转现象，它们就将因科学的真理性而获得存在的合理性。而情人，只存在于禁忌，这是它唯一的合法场所。它在建制之外，没有现世的归宿。这个概念根本不存在真理，寻求都是被剥夺，被彻底否定的。它是隐忍的无援的一个概念，悄无声息，石沉大海。

情人是什么。她的母亲，更不知了。她隶属于道德，而这个概念是反道德的。在母亲走后的第三年，父亲随她而去。这是某种爱的神秘主义吗？

洛尔迦在诗中写道：在你画着响亮的事物和那少许灰烬时，请在那些画中加入我的名字。达利在画作《少许灰烬》中，于隐秘的右下角藏了一张面孔。他的情人的脸。诗人洛尔迦的脸。也许所有禁忌之爱，都是灰烬，都是秘而不宣的面孔。

白夜

他和她约好：新年后见面。

一旦决断，事情就变得简单。

这是她人生中第一个正式约会。在她的历史中，当然有过与异性的会面，公共关系的，模棱两可的，但都不属于她所认可的约会。

她一直是生活的旁观者。旁观小伙伴热火朝天地玩，旁观两个表姐的美，旁观别人家的亲密和开怀。久而久之，她习惯了旁观，甚至能够诙谐地把玩自己的旁观者角色。

她始终置身事外，不做当事人。不介入，不流露。渴望，依恋，爱慕……那将会使她感到难为情。她不容许放下自己的骄傲。有次看电视，刚好她喜欢的一个歌手唱着她喜欢的歌，以至顾不得眨眼，屁股撞到了沙发。哥哥在旁边，看着她的开心和鲁莽，不客气地说了她一句，让她注意点儿。尽管她有些得意忘形，但是仍然明确地、敏感地领会到了他的情绪。他厌烦她，也厌烦这个家。她从此发誓，绝不容许别人像哥哥对待她那样对待她，绝不会给别人如此对待她的机会。绝不。

然而，第一次通话，上海情人就像亮出底牌一样亮出了自己："我这个人，很重情义。"她有些被触动。尽管过去的生活并非伪装，但她确实分裂了自己，外在的，是为着体面为着高贵为着神秘为着无动于衷而建设起来的一个人；内在的，有疯狂有脆弱有恐惧也有欲望。在这个女孩身上，交融了一种唐·璜的玩世不恭和杜尚的清高傲慢，看到别人为了失恋而大动干戈，她会在心里感到好笑。认识他之后，她意识到这种分裂是一种不勇敢，没有诚实表达自己。为了失恋而大动干戈，又何尝不是一种认真生活的劲头？忘我的，投入的。

现在，她第一次做主角。第一次，深深地介入人生。对于第一个约会，她花了很多心思：确立一个什么样的形象？她希望她的初次登场能够令他铭刻在心。其实她挺好，没什么值得担忧的，不胖不瘦，不高不低，非常标准。

有一段时间，她胖乎乎的。小学四五年级，母亲身体好起来，大家的心情也随之平稳，父亲很振奋，在院子里盖了兔窝，养起了兔子，等兔子长大，舍不得杀掉，卖了钱买来市场上的野兔子。看父亲干净利落地屠宰兔子，看不到挣扎，也见不到血，一张兔皮就完整剥下来，杀生的不适感居然一点儿也没有，突然觉得父亲好厉害。一大锅兔肉炖好，香极了，肚子几乎撑破。父亲又开始养花，海棠，月季，夹竹桃，茉莉，母亲的名字里有"荷"，又养了令箭荷花。春天，她家是整个家属院里最香最艳的一家。人们都跑来取经，剪走枝杈，包起种子，回去实验。那时候还做了新家具，写字台是哥哥早就想要的，父亲特意为他做的，作为市数学竞赛第一名的奖励。哥哥从未如此兴奋过，把所有的抽屉拉出来，侧门打开，再都合上。偶尔他们还会相视一笑。再看看父亲，可真像个英雄。那样一种时光，和美的，温煦的，再也没有过。

一旦想起即将到来的约会，她就略微有点紧张，又暗含着不可遏止的兴奋。为了镇定，天天练瑜伽。在饮食上，严格控制。入冬以来皮肤不太好，抓过几服中药，夜夜熬着喝，很苦，想到要见他，又不怕苦了。快过年了，进进出出的人都忙着置办年货。这个新年好像是别人的，在她，只有一件事：她的形象。在穿衣打扮方面，她从小没有导师，一直自己摸索。她喜欢时尚，也有一种很强的领悟力，如何在潮流中保持自身，她是深谙一些道理的，比如举手投足、行动说话，她都有那么一股韵律，因此，她修饰自己也是本着这个韵律的。即使穿机车夹克，也能和别人不一样。

但是这一次，她想突破一下。以一个前所未有的形象，赴这个前所未有的约会。理发师的手法非常细致，修剪，上色，蒸烤，清洗吹干，足足三个钟头。她本是急性情，想到为了他，又耐下心。定型完毕，一看，真好，头发在阳光下散发出的光泽，像水晶杯里的醇酿。穿什么呢？她的身材玲珑有致，一条淡藕色的及膝羊毛裙，短袖，高领，一双皮靴，外罩一件大衣。

好了。

商家的促销战打得早了，情人节还在千里之外，巧克力的礼盒已经蜂拥而至。"只给最爱的人"。这个口号值得琢磨。怎么算最爱？没有在二十岁爱过，没有在二十一岁爱过……那么就在二十六岁爱一次吧。一次把很多次补偿了。最爱一次，把很多年的不爱补偿了。她买下了这个口号。

除夕夜，下雪了。小侄嚷着要打雪仗，她带他下了楼。地上一片洁白，踩上去是温软的，攥在手里也不冷。爆竹声在天地间此起彼伏，新年就要来了。心里忽然一阵战栗。这个新年，对于她，是多么不一样。在雪地上写了几个字。还不识字的小侄问："姑姑写的是什么？"她说，是一个人的名字。"谁的名字？""我爱的一个人。"

临走前一天，她才告知家里的女主人，明天去上海。她的眼神立刻活跃起来，去看男朋友？不，是普通朋友。女人显然不相信。她轻描淡写地说："没去过上海。刚好有个朋友在上海，去玩两天。"女人心里也许在说，这个孩子，总之是最不安分的。是的，总有一种意念在这女孩身上：不受控制。企图控制她，她一定会抗拒，现在这个家，她就抱之以这样的

71

态度。她假想着继母躲在既定秩序里盯着这个放荡的灵魂说——为一个有妇之夫，练瑜伽，喝苦药，头发染成酒红色，零度以下穿着薄裙子，在电话里调情，可恨的更有，还若无其事地说，去上海看望一个普通朋友。哼！

上午十点钟的火车，一大早就忙起来，又不知该忙什么。给他的礼物，她自己的东西，早已装进皮箱。饭也不想吃，便去洗澡。洗得很仔细。想到这是个重大的日子，她就微微战栗。洗完澡，又在全身涂上润肤露，涂得很仔细，一寸一分。化妆。淡淡地扑了一些粉底，小心地刷上睫毛液，再小心地涂上唇膏。换衣服。换衣服的动作也小心，丝袜拉匀，裙子抚平，靴子擦亮，大衣穿上，腰带系好。对着镜子照了一会儿。不放心，又照了照。里面的那个人，表情是认真的；那双眼睛里，有告别的意味，也有迎接的意味。

她又一次微微战栗。

这一天，她等了很久。

这一天，对于她，是历史性的。所有的态度加在一起，即，郑重其事。她不声不响地在这一天做了个一生的决断。既是不可思议的，又是自然而然的，她血管里的勇气，有时异常跋扈。

对于那一天，他总是说："我永远也忘不了。"

火车上，窗外的风景由黄变绿，上海近了。一个谈情说爱已半年的电话男人，很老很丑怎么办？很穷很脏怎么办？卑鄙又下流呢？骗了你再卖了你呢？他问她，有没有想过这些。没有。

不要忘了，她是一只敏锐的动物，有着无数触角的蜈蚣，每一只触角都将刺破一个秘密。不要忘了，她一无所有。这种人其实又是大富翁，有的是豁出去的气势，什么也不怕失去，因为根本就没有拥有过。

走出站台，那个人来了。一件灰绿色羽绒服，一条卡其色休闲裤，一双黑皮鞋。那个人看着她，叫她的名字。然后上了出租车。在车里，那个人张开手掌伸过来，她把手放进去。那个人要她靠在肩上，她靠在他肩上了。

从虚拟走向真实，不仅是她与这个男人，还是她与所有男人。他怀里飘出淡淡的古龙水的味道，正是那味道成功攫取了她，她贪婪地闻着，男人的味道，他的味道。在摩肩接踵里，在川流不息里，她都会准确无误地抓住那个味道，她甚至为了那个味道流过眼泪，那就是想他了。她在心里设计过，离开时，把他的古龙水洒在她的睡衣上，洒很多，久久不退，想他的时候，拿出来闻一闻。但是忘了。

回到家，他脱掉羽绒服，露出里面的毛衣，毛衣是深蓝色的。打开音响，送进曼陀瓦尼的音乐，冲好咖啡，倒上红酒，端出精致的小点心。他转过身，走近她，看着她。站台上的他，车里的他，眼前的他，覆盖着又扩充着电话里的那个他。她的耳朵没有错。他的眉毛很黑，眼睛温亮，头发浓密而有一丝卷曲，嘴唇性感，身材高大。他们彼此凝视。她突然变得羞涩，低下头。他把她圈在手臂里，一点儿一点儿圈紧，把她整个抱在怀里。然后，吻了她。她的初吻。在曼陀瓦尼的天籁中慢舞，慢舞中，他又吻她。领着她来到吧台，喝交杯酒。他说，这里面有一个意义。交杯酒之后，他又吻她，沾了酒的吻，真醉人。

出去吃晚饭。电梯里只有他们两人，门刚刚关闭，他飞快地落在她唇上的吻，像一颗小火花，将她电击了一下。吃完晚饭，走在夜色里，他看着身边这个人，笑意盈盈，意味深长。回到家。她冲了澡，换上睡衣，上了床。

到了。

他脱去她的睡衣，一泻而尽。从中滑落的身体，被他温柔地抱着。

"今夜，你是我的新娘。"

她没有动。"轻一点，慢一点，好吗？我怕疼。"

他无比温柔地说："好，轻一点，慢一点。"

那件红色睡衣，应该是她的婚纱吧，她在心底这么定义它。女孩变成女人。它将永远美艳。它只拥有那一刻：从她穿上，到，被他脱下。其他时刻，他们在一起的其他时刻总是赤裸相拥，因此这件美艳的红色丝绸睡衣，只为那一刻而存在。从此她把它收起来，不会在任何一个男人面前穿，独自一人也不会再穿。它属于他。

他是恶魔吗？把红酒送进她的嘴里，他的嘴唇开始搜索每一处，点燃每一处。就像西部片里的牛仔，带着淘金的使命，闯入这片与世隔绝的疆土，小心翼翼拓荒着被珍藏了二十六年的疆土。他迷恋这片新地，为之着魔，娇嫩的花瓣，娇嫩的嘴唇，他吮吸不尽，赞叹不已。它们是那么柔软，那么湿润，令他神魂颠倒，说完，又开始新的征战。四周一片静谧，这里一片繁盛。嘴唇亲吻的声音，水乳交融的声音，肚皮摩擦的声音，呻吟声，喘息声。这一生啊，能有多少这样的通宵达旦？

她疼了。

76

他吮吸着她的泪。"如果疼了，就咬我。"

他不知道，她流泪不是因为疼。他不知道，她多么喜欢这个疼。这个疼，使她从巨大的黑色的梦魇里彻底摆脱，从无意识深处狂欢而逃。她是被束缚又被解放的普罗米修斯。冒犯众神，偷了火种，以受苦来赎罪："凡人类能享有的尽善尽美之物，必通过一种亵渎而后才能到手。"因此，她绝不介意：这个疼，是否背负着罪恶。它是一道门槛，临界它，跨越它，展现在眼前的就是广袤无垠的欲望。天哪，还有什么，比那广袤无垠的欲望更能够修缮这个疼呢？

卧室厚厚的窗帘外，隐隐传来汽车声，说话声，雨滴声。时间流动了。他打开报时器，七点整。他们的夜，才刚开始。疲倦地枕在他强健的手臂里，在这个男人的手臂里，她突然有了一阵绝无仅有的绵软，化成水，消失于无形。她发现了及时行乐的秘密。不要与之对峙。每个年纪都有自己的欲望，五岁是棉花糖，十岁是画板，十五岁是流浪，二十六岁是成为一个女人。

来到上海的第二天，下雨了。他说，是天意把两个人锁在家里，让他们好好欢爱。中午在餐馆吃饭，他特意点了鲍鱼羹和乌鸡汤，看着她，戏谑道："一张纵欲过度的脸。"回到家，像墨鱼一样缠在一起，呼呼大睡。

在城隍庙的茶楼品茶，美滋滋地吃蟹粉小笼包。外滩的洋行大楼，黄浦江畔的柱灯，江心里的汽笛，都是古旧的。挽着他的手臂走在雨后的江畔，他们的风衣在风里相触，有谁知道，他们像他们的风衣那样相爱。

乘电梯升入东方明珠的太空舱，他把上海的新与旧指给她看。两个有着不相干的过去以及无法交叉的未来的人，手牵手，俯看整座城市。有谁知道，他们在这个城市的上空相爱。

人民广场上的男女老少，把他们亲密地夹在中央，鸽子轻快地飞过肩，鸽子就是她的心。花坛里的花叫雨夜甘蓝，这名字也是她的心。陆家嘴的草坪，柔和有致地起伏着，那草坪也是她的心。

坐在世纪公园的秋千上，他讲园子的设计思路，走在世纪大道，又讲日晷的来历。讲这讲那，她全没有听进去，只在心里笑。经过一对亨利·摩尔的抽象雕塑，她暗暗以彼此的名字为之命名，有谁知道，站在那里的，原是两个相爱的人。

马不停蹄的游玩把他们暂时拖出缠绵，脱掉外衣躺进沙发，缠绵又来了。他把她裹在巨大温暖的睡袍里。"喜欢吗？""喜欢。"闭上眼睛，心里又是战栗。两个人拼命享用着彼此，嘴唇和身体都是湿的，水一样自由的日子。

她躺在他怀里，告诉他，什么都可以不想，解放了。他吻干她的泪，把她抱得更紧。不做爱的时候，他们相拥而谈，无所不谈，历史，家庭，生活，对事业的规划，以及，对彼此爱抚的感受。

她觉得自己就像陀思妥耶夫斯基笔下的人物。《白夜》里，男孩是个幻想家，一直幻想一场爱情，女孩是个深情者，一直在等一个情人。两个孤独的人，在白夜时节的桥头，不期而遇，一起共舞：

"现在，我可以说跳过舞了。"

"现在，我可以说快乐过了。"

现在，她可以说爱过了。

因此她是这么说的："我什么都不要求，不要求你必须离婚，必须来看我，必须给我打电话。"他的脸贴紧她，她感到脸上有一丝清凉，伸手去摸，被轻轻拿开。他的脸压在她的眼睛上，整个身体与她贴在一起，只把头扭过去，她想把他转过来看看他。他不让。她不动了。他哭了。就那样过了很久。然后她说："够了，我不要求更多了。"他更紧地抱住她，声音嘶哑。"我的心，很多年没有这么柔软了。很无奈。在那样一个无援的时刻，我结婚了，有很多不足，可是没有办法。我爱你，可是没有办法。"

她要走了。他们抱在一起片刻也不分开，不吃不喝不睡，她哭，他吻干她的泪，她哭着说话，他吻住她的嘴。他说："不是人人像我们这样幸福，不是人人有过这样的幸福，我们的一天也许幸福过许多人的一生。"然而这幸福却激起绝大的悲伤，她哭得更凶了。

她提出一个要求："出门前，把我吻得迷失一次。"他也有个要求："上车的时候，不许哭。"两个一筹莫展的孩子，面对分别，只能更紧地拥抱。

寄住在外婆家的时候，突然很想家，很想母亲。外婆说没有特殊事情，不能回家。那是冬天，夜里，她掀掉被子，整整冻了一夜。第二天早上发高烧，外婆给母亲打电话。母亲来了，温柔地摸着她的头说，咱们回家，回家养病。再次走，又是舍不得。此时亦像彼时，舍不得。晚餐的时候，她又哭了。想起未来，就想哭，不想未来，更想哭。

他把她举起来，举过头，像举着自己宠爱的孩子。她就是他的孩子。这辈子，没人再会像他那样叫她了吧。收拾好行李，他抓住她："让我再好好看看我的丫头。"她可能是莞尔一笑？甜蜜，忧伤，幸福，离愁，都在里面。他一把把她拉进怀里，说她更有女人味了，然后用尽力气用尽爱，吻她。那个吻，不正是她的爱情吗？溺水一般。穿好衣服走到门口，他猛然又把这个女人拉进怀里，嘴唇封死在她的上面，分开，封死，分开，封死。

坐在出租车里，他张开手掌伸过来。这个动作是他的专属，干脆直接地说着：要你。车里放着歌曲，"我向你飞，雨温柔地坠，像你的拥抱把我包围，这爱的感觉，一生也不悔。"靠在他肩上，她被歌曲弄哭了，像一个盛满水的口袋被扎破，不可遏制地在他肩膀上湿了一大片。两个人，都不说话，通向车站的路，最好没有尽头。

火车上隔壁两个男子，有着上海的口音和上海的细腻。看着她说："你的气质很适合艺术。"是哦，他的妻子不喜欢诗，她把他作成诗。可是这位先生，假如你知道，眼前这个你认为有艺术气质的年轻女人，正在为一个有妇之夫而伤怀，刚刚在他的家里疯狂做爱，你会怎么想呢？

水一般湿润自由的日子，在晃晃荡荡的黑暗里，渐行渐远了。那一晚的梦境混乱而惊险，她的梦境一向混乱而惊险。里面有自己，被陌生而无脸的男人追逐，无休止的追逐、紧张、恐惧，直到在即将被追上的刹那惊醒。还有母亲。原来母亲没有死！醒来，像跌入深渊一样失重，心悸不已。在梦里，母亲是不死的。在他怀里，她是不做梦的。要远离混乱而惊险的梦境，是不是，必须回到他的怀里？

局外人

回家了。

最醒目的感觉是温暖。温暖的洗澡水，温暖的沙发，温暖的床，温暖的台灯。电视机里的音乐声，厨房里的炒菜声，人都跑进跑出的，这个到卫生间洗手，那个在冰箱里找饮料，乱糟糟的，但她心里是满的。这就是生活。自来水一样平常，可是一旦停水，才发现它是那么不可或缺。

继母没有问什么。父亲也没问。谁都没问。她有了一个突如其来的想法，在她回来之前，这个家原是完整的，家具，人，物件，凝聚在一起。父亲的书和茶，继母的大嗓门，小侄的淘气，哥哥的沉默，都是那么自在自为。尽管在有形的层面，这个家依然散漫散乱，但是在无形的层面，它有一种清晰的秩序感，让她感动得想落泪。这个秩序是道德，是温暖，是心安理得。不是模棱两可或秘而不宣。而她，像一个走错了门的音符，从先锋摇滚乐溜进古典交响乐，或者C调里忽然混入B调，在众目睽睽下成了一个尖锐的荒诞之音。

睡了整整一天。想起那天，他第一次要过她后，她想看看，他拿起她身体下面的垫子给她看，上面是血，她的血，一大片，她突然感到累，随即躺下了。现在，正是那样的累。她曾经感到自己是这个家之外的，当委身于他，她又感到自己是那个男人之外的。一个永远的局外人。

温暖的房间，充足的睡眠，使她的心神渐渐安宁。

85

看看古希腊哲学，累了，戴上耳机，来到城市新建的水坝旁，吹吹风，散散步。她的生日到了。他打来电话，气喘吁吁，又兴冲冲的。"我正在给你买礼物和卡片，分别在不同的地方，浑身都被雨淋湿了！丫头，我想我是真的爱你的，为你做这一切的时候，我很开心。不能为你庆祝生日，戴着这块表，就是我在你身边。"卡片上写着：但愿人长久，更愿人长寿。

这个男人，心存一个愿望。当死亡来临，有那么一个人，他在心里牵挂着她，而她也是。这就是他渴望的幸福。他为她买了一款天梭表，与他手腕上的同属一个牌子。意义就在这儿了。情人节不能在一起，也许任何节日都不能在一起，那么就让手表和手表在一起吧。

皮肤白嫩了，急脾气慢了。一个人躺在床上，感到甜甜的：做了他的女人。别人的不一样，如她这般吗？大街上来来去去的姑娘，她真想问问。这样的状况从早晨就开始了，没完没了。若身旁有人，她立刻会脸红，好像人家知道，是她的下面在想他。她还在音像店里寻觅情色录像带。带着一种自主的兴奋。过去是别人的事，现在是自己的了。他也嘱咐过，多看看这方面的书，是女人了，要了解自己。一想起做了他的女人，她的下面，就难以平息，坐在哪里，哪里就变热，走到哪儿，哪儿的空气就变热，无法坐着，必须站起来，必须走动，必须出门，必须奔跑，她跑出大门，奔向空旷之地，如此难耐，欲望里包裹着欲望，层层都是娼妇的心。

她记不得，那是几岁时。夜半醒来，发现母亲不在身边，四下寻找，房间是黑的，但是从她这个角度，恰好看到对面屋子里的光亮。光源地是一张床，夏天罩着蚊帐，这束光来自蚊帐里的手电筒。手电筒将影子投在墙上。她第一次看到了性，墙壁上的性。墙上映出两个身体的轮廓，一个躺着，一个半蹲其上。画外音是吃吃的笑声。当然，被压低了声音。他正在褪去她的内裤，她命令他关掉手电筒。旋即一片漆黑。这从天而降无法命名的场景，令她在黑暗中四面八方地寻找答案。那笑声，几乎称不上庄重了。母亲很少不庄重，很少那么笑，也很少那么快乐。是什么事，令母亲不要庄重，要快乐呢？她的性启蒙，就这样，以皮影戏的方式宣告完成。

只是这个启蒙太过仓促，她不知该如何处置。直到另一次，午睡时瞧见父亲在床边吻着母亲。她开始观察别人，在他们脸上寻找那个东西。他们一定找不到她的，她以一种无欲将之编码了。越无欲，欲望就越在。

她始终认为，父亲是爱母亲的。有一天，她有点发热，两人分别用手握着她的手，试试女儿的手心是不是烫。不知怎的，父亲的手和母亲的手握在了一起，脸上的笑意也越来越浓，还有几分矜持，对这难得的幸福，两人都有着感知和默契，十指相扣。对了，十指相扣。

"你的手没有我的热。"

"嗯，你的手比我的热。"

女儿这个事端仿佛被忘记了，他和她来到前景里，做起故事的主人公。他和她握在一起的手，幸福的笑容，让这个女儿在大学一年级第一堂英语课上，不假思索地回答着老师的问题。"你的父亲母亲做什么职业？是什么让他们走到了一起？"轮到她。也许大家有些吃惊。她对大家也有些吃惊，许多同学都是这样介绍的："在他们那个时代，更多是生活让他们走到一起吧。"她说："是Love。"

而此时，父亲不会知道，他的小女儿是这样的。有一个激活了她身体里可怕的欲望的人，是别人的丈夫。母亲不会知道，旅途中的陌生人不会知道，亲密的朋友不会知道，任何人都不会知道。这个秘密，如同墙壁上的影子、凉席上的声音，都将自我埋葬。

回到北京，陪伴她的是图书馆和毕业论文。《中西方电视新闻宣传比较研究》，这是个意识形态性很强的题目，不好把握。越不好把握，越能激起她的兴奋。就像《罗马人善举》，这个题材不易把握，却为欧洲画家所钟爱，无论在博物馆还是在热那亚航海家的宫殿里都能看到：父亲被判刑饿死，女儿探监时偷偷用自己的乳汁救活父亲，当局被感化，亦释放其父。

制订大纲，查阅中英文资料，联系采访对象，采访、写作，同时进入电视台实习。传统职业领域，有很多都打上了男性文化的标志。它的专业化越来越集中于片面的成果，这种成果从个体中分化出来，人真正主观的兴趣则形成了一个独特的世界，这正与男性本质相契合，男性的本质就是分化的。而女性的本质正相反，如果在劳动中使其分化，那么女性劳动的创造性势必被埋没。她终于为自己找到答案，将激情、冒险、野心，达到了统一。

春天是他业务最繁忙的时节。电话少了，偶尔汇报消息，周末断了音讯。情爱的话语少了，没有冬天里的每日问候了，好听的，也不要听了，好听的，也不要绞尽脑汁发明了，风情都变懒了。"天气不错，保重自己。"情人的话好像不是这样的？一生里能有的机智，都该献给它。激情就这么冷却了？她知道，彼此都忙，可还是抱着冬日里的那些甜蜜舍不得放手。

一天里的指望，就是他的电话。到了傍晚还不打来，就有一头困兽在她的身体里踱步，身体都要烦了，于是主动打过去，听到那个声音，一两句话，心就安宁了。有时恨自己不争气，发誓再也不打，到时候，又软下来，只此一回，下不为例。明天依然如此。假使真的忍住不打，气节是保住了，可是，寂寞加倍了。像生了病，那个样子，那种症候，吓得她再也不敢爱了。

"想我吗？"

"傻丫头，我很忙。虽然忙得顾不上说那些情情爱爱的话，可是更想你，发自内心深处地想。"

够了。这些话，够她精神振奋地干上几天了。她这是怎么了？

他有领袖情结，应该是一个家族的首领，生意庞大，妻妾成群——他的理想常常被她嘲笑。他喜欢读书，推掉无味的应酬，躲在家里读书、听音乐、看电影，这些是她喜欢的。她介绍了很多大师给他，法国的布列松，西班牙的布努埃尔，意大利的费里尼。他说她是他的良师益友，在喧闹中，她就是他的冷静。他需要她。

给他寄去包裹。除了书、影碟，还有一封不长的信。她的信，也越来越少，越来越短。但是就像大卫·林奇的话：用五十七秒来成长和燃烧，之后用三秒钟来呕吐。她所有的信件和包裹都是寄往上海的，同学问，给男朋友的？她一笑置之。信，因此变得沉静。

他说：我知道你付出了很多。

想见他想得发疯，偷偷地哭。无数次拿起电话又放下，只有一次，决心不放，却听到一个女人的声音，又赶紧放下。那个声音不比她年轻，不比她美妙，可是有一点，那是一个心安理得的声音。

她说：我什么都不要求。他流泪了。

一个成熟坚毅的男人为她流泪，她是不是应该感到甜蜜？为那几滴昂贵的鳄鱼泪而回馈整个湖泊，她是不是划算？她是不是一直在做不划算的买卖？事实上，她根本就不知道哪些买卖划算而哪些不。

　　他说："我爱你。"

　　她问："我到底哪一点打动你？"

　　他说："你的爱。"

　　"我的爱？"原来她错了。她心中的爱情应该是这样的：他爱她，因为她是她。

　　他说："当然因为你是你，爱是需要过程的，我是越来越爱你，不是因为你爱我、我怜悯你而爱你，不是你想象的那样，你明白吗？"

　　冷战了三天。缄默了三天。

　　三天后，他的第一句话："丫头，我以为你不理我了，我以为失去你了，我一直在等你的电话，别生气了，好吗？让我们好好的，不要被其他干扰，珍惜这一切，好吗？"这个三十三岁的男人，因为爱的问题，三天，哪儿也不去，什么也不干，守在电话旁边，你说，他爱不爱她呢？

她的窗口，经历着每日光影的迁移，一会儿在远方，一会儿爬上窗框，寂寞也跟着迁移。默默地工作，读书，睡觉。身心残废了，他给一把力，就稍微挺直一下，不推，就又倒了。看不到未来，那么顾及眼前吧，但是见不了面、说不了话，眼前也顾不得，像士兵对待造反的刁民，爱被生生镇压了。

冷战之后，她学乖了。不再纠缠那些似是而非，突然间发现了简约的真理。天下最愚蠢的事是：患得患失。

审慎魅力

"我要来北京出差了!"

有一天,他在电话里大叫。他的业务范围并不涵盖北方,但是因缘际会,他要来了。

"我们的爱,感动了上天!"他说这话的时候,像个孩子。

三个月后,又相聚了。赶往酒店的路上,半小时里追来七八个电话,他已经等不及了,待她进了房间,他已经团团转了。两人都说着听不懂的话，都不是要说的，也不是要听的，是说给慌乱听的，叫它不要慌，然后就抱在一起，吻在一起了。

鹅黄衬衫，灰色长裤，灰色的西装外套，那是她不认识的他。但，吻是认识的，舌头也是认识的。房间里，静得只有欲望。天知道，在他到来之前的几天里，深夜和清晨，她都会被欲望叫醒，它们取代了枕畔的噩梦和窗外的割草机。它到来，它亢奋，它慢慢妖娆，上上下下缠绕摩挲，它疯了。就这样，她和她的欲望，一起思念着上海的情人。

四月的夜晚，他们来到天安门。小时候，他就渴望站在天安门前。夜风很冷，站了很久。他的样子比任何时刻都打动她。小男孩长大了，弱小变成强大，但还是他。这样的男人，还需要去怀疑他的真诚吗？她的手在他的风衣口袋里，被他握着。这个样子，在长安街上走了好久。风很自由，他们也很自由。

第二天中午，他走了。把她送到学校门口。那一刻，真盼望有个人恰好出门，看到他，他是她的，出现在她的学校门口。想让他进来看看她的校园，她的宿舍，坐坐她的床，用她的杯子喝点水，抽根烟把烟灰弹在她的烟缸里，她的房间里就有过他了。以后想他的时候，就可以到那些里面去找，但是怕误了航班，放他走了。

睡了一下午。得知他要来北京的那天起，就不安宁了。醒来，又是从前了。夜幕已降，没有开灯，靠在床头。黑暗中，慢慢地，眼泪汩汩而出。不是从前了，不在他面前哭了，沸腾都灭在心里，像一种绝望。

他说："让我们好好工作。"

论义、实习，是她给自己的压力。为的就是这个好好的。

"我们分别多久了？"这是他最喜欢问的。

他还喜欢问："你知道我现在最想做什么？"

他说尽管做爱的感觉很美，但之后的感觉也很美，他想搂着她好好睡一觉。

每天三个钟头花在路上，出租、摆渡、班车，一个接一个换；南京、广州、成都，一个接一个走；美国人、日本人、德国人，一个接一个谈。回到家，只想好好睡一觉了。这就是现代人类，累得省略了欲望。他和妻子的性爱很少，自从孩子出生，妻子不见了，只有母亲，他又被欲望省略了。他更喜欢在她的身体里探索各种奥妙，莫非，这就是情人在现代社会中的功能？

　　男人喜欢直奔主题，女人喜欢前戏。就"性感受"而言，女人需要的是具体的男人，男人需要的是抽象的女人，毋宁说，女人更具有精神性。离婚率的飙升，或许也因为人们越来越省略前戏了？

　　"我相信我们会有好的结果。"有一天，他在电话里这么说。她宁愿不去深究其中的意味。他的财务进账越来越不避开她，一笔一笔清清楚楚，那不是她关心的，那不是情人所关心的。

　　有一天，他忽然黯然神伤。"我不知道该怎么办。距离也是一种痛苦。为情所困很痛苦。"

她的窗口开在树荫下，窗前的阳光永远是斑驳的。她决心，只要他沉默，她就保持沉默。身为情人，她深谙克制的美德。不。人，必须在克制中生活，让障碍成为欲望的线索。这也是一种相对论。没有障碍，就没有欲望。如同没有饥饿，就没有饱。克制的机会成本，并不等于自由。克制欲望，延迟欲望，实际是私心，当它们被满足时，将是十倍的欢乐。

深夜，小侄独自在房间，打来电话问："小的时候，你一个人在家，怕不怕？"她怕不怕？论文进展得艰难，他一周没有电话，哥哥要离婚。刚结婚的女友邀她去家里做客，厨房的灯绳上挂着两只布娃娃，一男一女。饭桌上，两人给彼此倒酒，她把他嘴角不小心残留的汁液擦净。吃完饭，玩游戏，摞得很高的木头块，中间有缝隙，一次抽一块，木块不能倒，抽倒者洗碗，老公故意笨手笨脚，输了去洗碗。

回家路上，车里放着歌曲："朝朝暮暮的期盼，没有答案，爱一个人好难。"俗滥的流行歌曲，也有焕发魔力的时刻。此时，她想要一个家，过一种凡俗的生活。论文做不下去，听听他的意见；哥哥要离婚，向他讨个安慰。也一起做饭，也相互劝酒，也玩抽木块游戏，也看着他故意输掉……眼泪流出来，好在车灯灭了。

他打破了沉默。

"我希望你有一个正常的生活。当然，我也希望能够保持现在的状态。我等待你的回答。"

她以为，他们在这个问题上会有一些回合，比如试探，商讨，但是他话锋一转，就把这个问题解决了。他把这个问题变成了一个单向的，不流动的，一个人的问题。她的问题。他从这个问题里脱身了。她说过，有了他，她依然孤独。不，是更加孤独。

"这就是你所说的好结果吗？"

"那么你要我怎样？"

"看来你并不痛苦。"

"你是聪明还是傻？"

"我无法要求。"

"我们一起苦过来，我不能没有良心。我今天抛弃她，将来也可能抛弃你。"

"你真坦率。"

"我只是不想骗你。"

"我不需要由你来提醒我与你无关的事。"

"对不起，如果是这样，你去寻找你的幸福吧。"

谁都不肯体恤了，谁都没有耐心了。每一个寂寞，所有的绝望，都在话语里得到抚慰，又是话语，把所有的克制、努力，碾成粉末。从始至终，他想要的是长久，他不知道情人之间的爱，没有长久。他为情所困，又被围困激怒，在沉溺中清醒了，绝望中要面对现实了，痛苦的狮子怒吼了，这个诱惑的女人，跑出来考验他与妻子的荣辱与共，这只爱了也许又走的游鱼。他恨自己的徘徊，又不能阻止爱她，没办法了，引爆了地雷。

第二天中午，他打来电话。她平静地讲着学校里的趣事，别人讲给她的笑话，好像根本就没有过昨天，还打趣道："我讲这些，你喜欢听吗?"

他很低落，"我……喜欢听。"

她继续讲，他突然打断，"我很想你。"

她又忍不住含讥带讽，自得其乐了。

"我是真心的。但生活总是矛盾的。"

他在无奈里翻滚，她都看见了。尽管看见了，也无动于衷。从昨天到今天，她的心，一点一点，碎了一地。

第三天中午，又打来电话。仍不谈那一次爆发，好像不曾有过，又都清晰地记得，想表白，不是那么想的，偏是那么说的，又怕激起什么，还是算了，没有力气再收拾那些焚烧后的灰烬。迟早的，雷埋在地下，不去炸掉，永远是个后患，炸掉也好，没有忧患了，当然也毁灭了什么，终是难免的。

要么分手，要么突破。但是都不能。夹在中间受尽了委屈，又无法怨恨谁，不关别人的事，只好把恼怒抛给对方，对方又是自己爱的，感到心疼，又不可以把心疼说出来，等于承认是自己的错，可自己又错在哪里？索性装傻，什么也没有发生过，为的是，像从前那样爱他/她，让他/她像从前那样爱自己。

他们是那么累。舌头还在，情话还记得，却吐不出来。一个人在疲惫的梦魇里，挣扎着要醒来，偏偏醒不来，使尽全身之力仍然动弹不得，就是那个样子。今天的年轻人懂得讨巧，不可为则不为，懂得变通，没有非他莫属，懂得适可而止，保全性命。在这一点，他们都是老派的人了。他说："我很累。可是不想放弃。"

失语症，终于夏日将至时。

母亲去世三周年。外婆和姨妈要大张旗鼓地操办。这里有些意气用事的成分，父亲一年后就续了弦，她和哥哥也不再回去，这个家似乎与母系家族断了线。

父亲这一辈子，情与欲，想来都是不满足，老来相伴也不能。女儿远走高飞，儿子是个无法安慰，每晚回到小平房，煮点牛奶吃点面包，看一会儿电视，睡了。

醒来，到公园里舞剑，早点摊上吃碗豆腐花一个烧饼，上班。父亲老了。那个女人对他好，两人相伴相随，她也感到欣慰。关于隆重祭奠的事，能够想象未来的场面，难免难堪。阔别多年，她只身赶往外婆和姨妈家，一方面是探望，一方面简直就是斡旋了。

那两个家，她都是住过的。说起来，应该有感情。小时隔壁家有一个太太，对她很好，说这个孩子可怜，这么小就不在父母身边，她非常慈爱，她就叫她外婆。回到家，她对外婆说，我有两个外婆，我们家一个，隔壁家一个。外婆即刻沉下脸，训斥她，这孩子净说不吉利的话。

此次回去，就是看望她们，早就被埋怨，长大了，翅膀硬了。还掉这么多年的债。进了门，亲热地呼唤她们，拿出给她们的礼物，睡在一张床上，讲讲家里的情况，可以谈继母但一定要表明，自己心里永远装着母亲，永远有她们。讲着讲着，她哭了。本要打动她们，不料想起母亲，真的动了情。她们满意了，大祭奠也不谈了。赌的就是这口气。要把娘家的血统记着。三周年祭日时,她和父亲来到天龙山,把母亲的骨灰盒抱到外面,晒晒太阳,照片嵌在里面,她在里面与世无争地微笑。

回到北京,第二天一早,电话响了。

他劈头盖脸地问,这是怎么回事。整整一个星期没有音讯。要她立刻做出解释。她对他说,回老家了。他对这个解释显然不满意。"为什么不告诉我?一周没有消息,你知道我有多着急?设想了很多种可能,越想越着急。不停地打电话,永远不在。呼机欠费停机。你知道我有多担心!不是我承受力差,丫头,是你处理得不好!"

离开北京,她走得悄无声息,一周奔波忙碌,也有几分是特意的,决定一周不想他,看看会是什么样子。"假如我失踪了呢?""不。那是最坏的,是我最不愿意想的。人没了,还能指望什么呢?"可是,她生出另一种虚无,即使人在,又能指望什么呢?

她到电视台实习了，朝九晚五。接热线电话，看观众来信，观摩节目，报选题，参加研讨会，一天一天，都是光速。他笑着说，她终于是他了。闲下来才会想起他，像他一样，一个人的时候会想起她。

在商厦里一眼看到那件BASIC JEANS的短袖衬衫，当即觉得，就是他的。不知该不该买，不知敢不敢穿。不穿也罢，收起来，多年后看到，想起是一个女人送给他的。找到一个高大的男孩帮忙试穿，男孩穿好，她情不自禁走过去，帮男孩整整领子理理袖子，竟然觉得那是他，欢喜就在这些琐碎里生发。当她还在为尺码犹豫时，服务员问了一句话："您先生的骨架大吗?"她忽然沉醉在这个称呼里，如此新鲜，奇异。

她忽然很想做一个无需躲在称谓背后的人，不是不可以称呼的人，不是找不到称呼的人。而是，在商厦，餐馆，写字楼，校园，马路上，飞机上，轮船上，任何地方，都可以把他叫作"我先生"的女人，用不着羞赧，用不着买了衣服又担心不可以穿。即使一个追求自由的女人，同样摆脱不掉身份政治的困扰。

清早，梦境被一串兴奋的声音击破。"丫头，我穿上了！昨天收到的。我很喜欢！尺码也正好，我现在去南京开会，回来给你打电话，保重自己！"她为这件衣服设想过多种命运。都错了。他穿上了。收到就穿上了。去南京出差就穿上了。

舍不得给自己买下那套裙子，一次次经过，试穿了两回，很漂亮，还是走掉了，掉转头看到这件衬衫，当下就决定了。口袋里没有几个钱，也要给他买书和衬衫。为他，是第一性的；为自己，是第二性的。倘若这个女孩的荷包鼓鼓的，所谓第一性第二性，也许就不必要了，货币只是通向目的的桥梁，人是无法栖居在桥上的。感谢上天，让她在一无所有的时候，在来得及的时候，以朴素谦卑的情意，爱了一场。如他所说，"你是上天赐给我的。"

失语的日子里，她是在乎她的爱的，是计较的，一步一测量。可是两座城市的距离太大，心与心之间太玄妙，审慎行不通，审慎丢了本意，本意是爱，结果反而焦虑重重，爱被悬置了。正是这件衬衫，她买下，他穿上，之后，她变了。以此生不会感到遗憾的方式，以一种免于匮乏、免于恐惧的自由，去爱就是了。

幻想的尽头是深渊

在北京的夏天上班，是疯狂的。等车的人，好像可以原地长出来，拉走一批，眼皮一眨，又冒出一批。站了二十站，回到学校，食堂关门了，宿舍里的蚊子也来凑热闹，它不知道，她比它还饿。一周下来，唯一的乐趣就是睡觉。

这是一个新闻调查栏目。好像整个社会从四面八方向她涌来，无尽的黑暗，陈年的冤屈，人都在底层，都是无能为力。接不完的电话，看不完的信件，血腥的尸体照片夹在里面，断头的，缺胳膊的，毫无防备，迎面撞上，几天都吃不下东西。好端端的心，无端变得沉闷烦躁。把这些告诉他，他说，做记者必须有这样的心理承受力，睡一觉就没事了。他还说："要是我在身边，就会搂住你。"

一个五岁小女孩，被一个二十三岁的坏蛋伤害，阴道完全坏了。医生说这个年纪还不好处理，需要等到十八岁。但孩子得上学读书。罪犯抓到了，但没钱。孩子的父亲是残疾，下了岗，母亲改嫁远方，奶奶卧病在床，只依靠爷爷一个人很少的工资。小女孩的邻居打来电话，小心翼翼地询问，可不可以帮忙呼吁一下，为小女孩争取一些社会的力量，最后留下电话号码。选题会上，她提出这个线索，被制片人否决了。"太惨烈，难免引起激烈的社会反应。况且，即使报上去也不会批。"五岁的小女孩，人生还在对她保密，密码就已经失效。那将是一场多么漫长的战争，一个人的战争。最后，她扔了那个电话号码。

多年以后，全世界的调查栏目都没落了，即使是美国王牌栏目《60分钟》。可在当时，每个人都把这个栏目当做救命稻草，寻求公正和良知。司法腐败、校园腐败、买官卖官、警匪村霸、医患纠纷、违法广告……她仿佛走进的不是小小办公室，而是整个社会。人们不知道，栏目组和他们没有不同，不同形式的沙砾而已。当你发现对自己都无能为力时，生活的美好就远了。

一场再美的爱情，依然是务虚。一块手表一件衬衫，令人迷失的吻，通宵达旦的情欲，依然是不够的。作家的书，实业家的产品，清洁工扫过的马路，才是真正贴近大地的。二十六年，都给了发奋。二十六岁才步入真正的爱情，一部分就是被野心所误。这也是早早就有的。你在别的女孩的脸上寻找野心，有或没有，一望即知。她的眼神、嘴角，你看到的是一种与世无争，掩盖了下面的熊熊烈火。而现在，野心是迷茫的，爱也是迷茫的，火山找不到喷发的出口。不顾一切地爱了，爱又不够了。她独自一人，太久了；作为无为的一个人，太久了。

一天傍晚，车到中山公园时开始下雨，很大，从头到脚湿透，鞋子也掉了，身上砸来硬邦邦的东西，竟是冰雹。灯光下的大雨，有着骇人的壮美，几乎具备了神性之光。她忽然获得了一种美学的视角，来看待自己在大雨中的狼狈以及所有这一切的狼狈。当晚患了重感冒，很久好不了，每晚吃药的时候在想，明天呢？她曾经对他说："如果我们无法在一起，那就抽象地在一起。"不。她不想要抽象了。齐泽克谈库布里克的《大开眼界》："它其实在说一件事——幻想的尽头是深渊，那里什么也没有。"她想要一个在身边搂着她的人，不是电话里的，不是思念里的，是砸在头上的冰雹——实实在在的。

一个偶尔打打电话的男人，第一句就问："感冒好点了吗？"她叫他温暖先生。晚上回来，冲了澡躺下，等着温暖先生给她讲故事，白天的焦虑暂时搁浅了，听着听着，睡着了。他监督她吃药，很有办法，"你答应过我，晚上再吃一颗的，好吗？"而她的情人只会说："保重。"在温暖先生的殷勤面前，她的情人的简约几乎成了简陋。她要多，要繁复，要拥挤，要喧嚣，要将孤独赶尽杀绝。

温暖先生的电话粥，煲到多晚都可以，随时随地都可以。这一点，又比她的情人好。回家不可以，周末不可以，晚上睡觉不可以……她一直在退。从波涛汹涌的海浪中心退到岸边。温暖先生把她从沙砾里拣出来，捧在手心；他是她无主里的一个踏实，口渴时的一杯水。一个活生生的人。

北京申奥成功的夜晚，温暖先生揣了1000美元来学校接她，加入一场汪洋般的世纪狂欢。必须步行才能穿过拥堵的长安街，他们在君悦酒店吃了黑森林蛋糕和冰激凌，出来一直走到天安门。所有的汽车都打开了天窗，喇叭奏成国歌，脸颊画了国旗的姑娘们站在车上挥舞着纱巾，比纱巾更扬眉吐气的是，旗帜一样飞过夜空的长发。或者脱了衬衫当旗帜，只有这样的赤诚才配得上这倾城的激越。恋人热吻，陌客拥抱，他们坐在中山公园的长椅上，等待天安门广场的日出和升旗。

"如果什么都不考虑，不考虑肚饿、口渴、困倦，我们的谈话可以持续多久？"温暖先生问。

"一个晚上，一天？"

"不。永远。"

他一直在找这么一个人，终于找到了。这是温暖先生的悲剧。

繁复，喧嚣，热闹，都不是她想要的。不过是用外在消灭内在，无知觉，无意识。是甩掉高跟鞋的脚，轻快，不累。是没有性别和不讲性别。温暖先生疼她，关爱她，照顾她。说她像聂小倩，眼睛狐媚。她的确是一只狐狸，独善其身，自私狡猾，放任天使与魔鬼同时在身体里出没。

偶尔，上海情人给她的办公室打来电话。她很少说什么，既不方便，也没兴致。"感冒好点了吗？""好点了。"要多喝水。""知道。""忙吗?""忙。"过期的关心是一种贬值。对他的情意,不那么稀罕了,反而松开手了。他再怎样思念,也是远的,远在上海,解不了北京的渴。对他,想得少了,想得不一样了,突然他就不是他了,是人群中的一个,没有例外的意义。爱被蒙尘了,看不清了,欲望也心灰意懒地丢在一边,无所事事。

看书的时候,掉出一张卡片。拿起来,是他的名片。曾经当做书签,为的是,翻开书就看到他。心里的火,忽明忽灭,慢慢熄灭。那些像一个不会游泳却一头扎进水中的人的爱呢?把书签放回书里,一本《杀夫》。女人饿极了,男人手里举着饭团,她抢过来,男人把她压在身下,她大口咬着饭团,任他搞,哼哼唧唧地,一心都在饭团上。需要,是一种天理。

他曾说:对她,是想要;对妻子,是需要。现在,她变成了他。

与温暖先生见证历史的这一夜,长椅谈心,黎明看升旗,他始终没敢拉她的手,更没敢开口去酒店开

115

个房间休息一下。只在临别时，他轻轻来碰，她轻轻推开。

电话里，他很伤心。

"我是认真跟你交往的。"

"我知道。"

"我不想再浪费时间了，我怕错过你。跟我一起去比利时好吗？我虽然不是富翁，但养得起你，到了那边，你喜欢什么就做点什么，可以写小说，看电影，不需要给自己任何压力。"

"为什么要去比利时?"

"我哥哥和姐姐都在那儿。我想把你放在比利时的一只小舢板上，这样谁也带不走你了。"

有一天，温暖先生在电话里说："想我吗？亲亲我。"他说了他的话。他凭什么说他的话？他又不是他。一下子，温暖消失了，她的情人回来了。"丫头，我很想你。在我看来，围着你团团转，不一定就是爱你。我是发自内心深处地想你。最近我们都忙，通话也少，可

116

是，我愈发感到，我不能没有你。我爱你。"

她埋怨过自己：为什么有那么几天，背叛他，钻他的空子，和别人寻欢作乐？他们曾经约定：只谈她与他。这中间的一件件，不愉快的，不开心的，都是因为破戒。情人，最好活在真空里，一旦进入空气，就会染上风寒。情人只有一种数学：减法。情人只有一种经济学：零和博弈。情人都是吸血伯爵德古拉，靠吸食爱情的血而永生。

一个疯子

上海情人开发了新的通话时间：清晨。六点半，女儿被阿姨接走，妻子去上班。七点钟，他们收线，各自出门。他自称是她的闹钟。他的心意，她懂。为了更多地跟她说话，听她说话。

有一天他异常兴奋。回家路上作了一首诗，接近拜伦的风格。他把诗念给她。之后沉默了片刻，"诗是特别给你的。"三十三岁，他写了多年来的第一首诗。

有一天她问："我是不是该嫁个人？"她从不提，也不许他提。

"嫁了人，又能怎样？"

他安排一个客户去欧洲旅行，路线很棒，两周游历英法十个城市。"游玩也需要合适的伙伴。"他的叹息，她听到了。等他有了时间，有了心情，也许她已经嫁人了。那么，他就没有伙伴了。"我很难爱上一个人，也很难不爱一个人。"他打算明年再买一套房子，离单位近一些，每天多出三小时自由支配，再买一套健身器械，好好锻炼身体，他觉得自己老了。

她逗他："好好健身，多多诱惑。"

他逗她："别人把我抢走，你舍得吗？"

"你舍得，我就舍得。"她开玩笑，又不是玩笑。

"也许你真的无情无义。"他有点落寞。他们好像心照不宣地调换了位置，卖弄风情的游戏得以进行下去。

他说过，爱她。但那绝不是他诗里的爱。她想告诉他，如果他想以诗里的爱来爱一次，那么她会张开手臂。还有一些不可言明的东西锁在心里，是更可怕的动静，更进一步的危险，不可以跟任何人商量，只能找出两个自己，私下里一正一反地辩论。

明年夏天，她就要毕业了。

这个为爱而生的人，可以选择上海。但是两人若在一个城市，见面更多，心里更没有余地给他人，又怎么嫁人？

假如，她的情人决心离开家，而他的女人悲痛欲绝，想必他会退缩。一场狼烟滚滚之后，又是无法前行。

假如，她去上海，但是保持中立，也和他见面，也和别人谈婚论嫁，正遂了他的心愿，却又是个绝处。分裂，于她是难的。又或者，同在一个城市，狠狠待上几年，然后厌倦，离开。

北京有她喜欢的话剧、音乐会、艺术展，分明的四季，宽阔的街道。现在她却动摇了。好比当年发誓绝不剪掉长发，还是剪了，人生的变数，常常源于自我背叛。小的时候，她就想当个作家，写小说。上海是个适合她的城市。见到她的第一眼，她就感到亲近，她们是同质的：阴柔，湿润，干净。不，这都是借口，是假象，是盔甲，迫使自己与爱情之间有一个坚硬的防护。倘若在某种安全模式下，允许放任爱情，她是会立刻跑过去抱紧他的。真可悲。

还是把上海搁置起来，想不通就不想，好好工作。选题会上，她的几个提议得到赞许：水心村罢村官，应该有一个科学的测评监督机制，而不是依据村民感性的决定来处理基层政权，那不是真民主；高位截瘫的母亲冒着生命危险要做妈妈，为了报答丈夫的爱，也为了获得做一个正常人的感受。

就在当晚，他打来电话。

"丫头，最近忙不忙?"

"怎么?"

"如果不忙，来上海吧，老婆出差一周，明天走，孩子在外婆家。"

"太突然了。"

"我也刚刚知道。晚上跟朋友一起吃饭，不方便说，回到家就急着告诉你。"

"可是太突然了。"

"不忙就来吧，好吗？因为这个，今晚跟朋友喝酒都很开心。我很想你。你想我吗？"

"想。"

"那就来，好吗？我们有多久没见面了？"

"四个月，差不多。"

"时间过得多快，又可以见面了！"

"我们可以在家里，聊天，做爱，躺在一起，该有多好。"

她刚刚要争取一个选题，蛰伏好久，这个选题也许就是她的转机。她的焦虑也刚刚平复，从何去何从的围困里，安静下来。要坐整整一夜的车，坐夜车会很累。然而这些理由，都没能阻止她。选题还可以等待，体力还可以补充，可是他的梦想也许不会再来。

简单收拾了几件衣服，没忘了带上那件银灰色的真丝吊带睡衣，垂在脚踝，美人鱼一般，比身体还性感。咬着牙买下来，放了很久，一直没舍得穿，就是要穿给他看的，就是要他的手摸在上面想入非非的。

第二天，向制片人请了假，将手头的事情处理完，回到学校已经晚了。背上包飞快跑出门，坐在出租车里暗自祷告，居然动用了巫术：如果误车，那么，我们之间可能没有未来。最后一分钟，赶上火车。坐定后便想：那么，我们之间是不是还有未来？

阿黛尔活在大文豪父亲雨果的阴影下，为了找到爱人，她流落异乡街头，穿着破破烂烂的衣服，站在不再爱她的英国军官面前，喃喃自语：

"千山万水，千山万水，来和你相会，这样的事，只有我能做到。"

这是阿黛尔·雨果的故事，也是她的故事。一个疯子的故事。

拜伦的诗

　　整整坐了一夜，没有卧铺，空调很冷，她拼命让自己睡着，绝不能憔悴，千山万水来与他相会，要光彩熠熠。对于这个夏天的形象，她也是满意的。淡淡一抹紫色的裙子，在右侧大腿处开了一个风情的叉。米白色的吊带背心，纤细的羊皮高跟凉鞋，也是淡淡的紫色。

　　出站口，一个高大的身影，身穿她买的绿色短袖衫。路上，靠在他肩头，闭上眼睛休息。他没有惊动她。以为她睡着了。他并不知道，她的意识在流动：她要和他在一起，她要来上海。

离开这个家，七个月了。不。只是他们的爱情曾经住过的地方。但是此刻，这个房间，家具的摆放，沙发的质感，高脚凳的颜色，咖啡杯，都是二月里的，好像保持着那个姿势一直等她来。

他走过来，圈住她，吻她。一切都是二月里的。吻，也是等在那里的。缱绻的细节也没有变。他把她拉到地板上，躺下来。地板是凉的，身体是热的，哦，她的欲望也还是二月里的，像休眠的火山再度喷发。在一起了。又在一起了。要把之前和之后的欲望统统在那一刻烧尽，烧尽。他们是如此想念对方，不知怎样才好，像两条奇丽的蛇缠绕。

晚上，坐在地板上说话。说什么都无所谓，搂抱在一起，摩挲他的手掌，撩拨他的脚心，她的手心和脚心奇热无比。外面下雨了。他打趣："丫头，每次你来，都下雨。看来老天不想让我们出门。"她没有笑。是啊，为什么每次来，上海都在下雨呢？又成了巫婆，被咒语攫住。

两个人不起床，只想抱在一起。可是，一切又都不是二月里的了。似乎有些力不从心，不是体力，刚刚睡了一觉，肚子也喂饱了。爱也没有减少，但就是力不从心，仿佛饿过了头，食物摆在眼前，心里想得很，胃却吃不下。三天里的更多时候，这是两个不做爱的爱人。他躺在她腿上，她给他按摩头部，嘴里絮絮叨叨，他惬意得睡着了。她说，继母每天早晨这样给父亲按摩。他感言，等自己老了，有个人这样按摩，该多好。至于其他，都不再说了。他轻抚她的头，想了很久，也许先于她到来就想好了。"丫头，在一起，就让我们好好爱对方，好吗？"一旦他这么说，她就想哭。

干脆下棋。象棋，她输得很惨，但五子棋，她赢了。他说她的棋路很妖，摸不透。听音乐，一支曲子未完，他便说出下一支，跟她打赌，成心的，知道自己不会输，为的是有点动静。午饭也不吃，挤在一起看

126

《007》，惊险刺激的追车和枪战，都与他们无关，是两人腻在一起的背景。下午，他睡得很沉，睡了很久。他背对着她，她想搂过去，又怕吵醒他，不一会儿，她也睡着了。他翻身转过来，她一直等着，睡着了也在等着，她把转过身的他搂在怀里，轻轻抚摸他的头发。一会儿，他起身去卫生间，她等他回来。但是他进了客厅，没有回来。他躺在沙发上，她走过去，还未走近，他的手臂就围过来，一把把她搂在怀里。他的眼睛是亮的，脸是暗的，不说话。她在他的怀里，一动不动。她不知道，他是不是不开心了，是不是想起什么了。

离开的前夜，他们手拉手去餐馆吃饭。返回时起了风，手拉得更紧。她把路仔细地看在心里，这是和他一起走过的路，在上海走过的路，第二天还能指给他看。回到家，他们开始喝酒，抽烟，回溯着青春。少年时被父母遗弃，外婆收养了他，供他读到大学便撒手人寰。他经营咖啡馆，跳狐步舞，大四时把女生的肚皮搞大，被学校开除。在街头摆摊卖烟，居无定所暂时住在同胞兄弟家里。在一个四平方米的小窝的一张窄窄的木床上，迎来了他的新娘。新娘为他带来滚烫的饭菜和滚烫的身体。那个四平方米，被他拍下来留作纪念，关于耻辱的纪念，关于恩义的纪念。

"我想知道，在你心里，我是怎样一个位置？"

"里程碑式的。你是个不同凡响的女人。"

他的话，有点令她吃惊。这是爱的馈赠吗？做这样一个男人生命中的里程碑，她是不是该觉得够了？也许她是一个爱的线索，他不知道还可以这样爱，她让他看到了这种可能。

他摸着她胸前的一粒朱砂痣。"你是白月光，也是朱砂痣。"猛然亲她的脸颊，好像要施加全身的力量，又来亲她的嘴唇。这个女人，是他的，又不是他的，不可能永远是他的，有一天终将离开，从他的手臂里消失，成为别人手臂里的宝贝。除了用尽力气吻她，再没有别的办法。是不是这样？她希望他没完没了地要她，可是不敢说。只是等着，等得想哭。

路过家乐福，买了一些月饼。不能在一起，就提前吃月饼过月圆夜吧。回到家，晚餐桌上，眼泪又来了。她把兔子肉一小块一小块撕下来喂到他嘴里，心里又高兴又颤抖。要走了。他突然说了这些话："老婆对我很好，没有哪里对不起我，有时想想自己，也感到可怕。这一切，她全不知道。"

三天里的无言，力不从心，是这些吗？她决然地问："毕业后，我选择北京还是上海？"这个问题，在睡眠里，在手拉手里，在两个人一起吃的月饼里，一直跟着她。他希望是上海。她又提出，不如我们在两个城市，不见面。他不喜欢那样。为什么，没有说。

回到卧室换衣服，他进来，在黑暗里吻她，像被什么鼓舞了，吻也变得明亮。他看着她说："我希望你来上海。"她没有说话。在出租车里，手握手，情形却不再是二月的。上了火车，他看着她："来上海吧。"她没点头，也没说话，只是靠在他肩上。他不习惯在公众场合亲昵，但是他没有动，任由她靠着。好一会儿，他才下车，她跟下来，埋进他怀里。他看着这个女人："你很勇敢。想当初，还没有见过我，一个人就来了。"

"你认为我不会来？"

"我希望你来。但也许你不来。"

倘若她没有来，就没有这个故事了吧。两个人，各自走在巨大而盲目的世界里，她依然是那个优雅的女孩，不曾疯狂过，他依然是他，不再作梦想的诗。汽笛响了。他是那么高大，她的拥抱显然不够，只得整个贴过去，脸庞，心脏，身体，全部贴在上面。当他回抱她，她脱身而出。他的拥抱少一些，她的明天和今夜，将会好过一些。她隔着车窗，看着他的手臂慢慢垂下，直到火车开走，还站在那里。

整整两个星期。没有通话。

是不是——两个人不再着急，不过是二十七岁，不过是三十三岁，都还不老，不用那么使劲，使劲也没有用，攒着吧，攒到见了面，慢慢说。他们是情人。又怕什么呢？

10月1日。一大早拨通他的电话。"生日快乐。"

他有些意外，"丫头，谢谢你记得。"中午，他与朋友吃饭，喝了很多酒。是不是这个记得他生日的女人，令他喝了很多酒？是不是有许多感慨，都借助酒精挥发了？想起大清早祝贺他生日的这个女人，他叫她丫头的这个女人，他一向没有过这么一个丫头，他因此喝多了？

傍晚，到餐馆点了一碗雪菜面。她自己生日也并不吃。但是他说："丫头，去吃碗面吧，就当我请你吃的，我和你一起吃的。"雪菜面也是特意的。上海的第一夜，他们一起吃过。餐馆里回旋着一曲老派的爵士：*my one and only love*。

送他的生日礼物，是金帝巧克力的最新款礼盒，她打算，它推出多少款，就送他多少款。要试一试，这个系列和她的爱情，哪一个更屹立不倒。让这些礼盒排起

131

队，整整齐齐，担任爱的见证。这一款，是一本书。吃完巧克力，可以把她的信、她的照片，都放进去，合起来就是一本书。把她当作他三十三岁收到的一本书吧，他已经翻阅了，可以继续看，也可以轻轻合上。长寿面，他要求她吃，她也吃了。这些都写在信里，寄给他了。

在酒吧喝酒的时候，她就知道了，在那封信里，所有的危机解体，因此喝酒的时候，她感到水一般无形的松软。

他为她点燃烟。"你吸烟的姿态真优雅。"这狂乱背景里的声音，同时对着他妻子讲了："你吸烟不好看。你看她。吸烟的样子多漂亮。"他那么直率，真不该。当初，正是这对朋友向她演示了婚姻世界的富足——厨房的灯绳上，挂着一男一女，两只布娃娃。曾是局面的掌控者、意见的决断者的妻子，现在，在这间喧嚣的酒吧里，变成了受难的小女孩。丈夫正以生动的兴致，对妻子的女友滔滔不绝地讲着他的生活，他的内心，新买的牛仔裤，口语课的幽默外教。即使酒精削弱了她的逻辑性，有一点仍然唾手可得：同睡一张床，他却不对妻子讲。她无法再从丈夫心里淘取赤胆。他不再与她分享自己。她因此感到了危机，只好默读自己的不美，似乎这一切源于自己不美了。她真想告诉这个妻子：美，只来自你自己。她的毛衣有一处脱线了，但是她没有处理，她采取了不处理的态度。沮丧，倦怠，放弃。世事就是这样诡异，你越忘记自己，他越忘记你。

休息一段时间后，她给制片人打电话，准备领取任务。但制片人的意思是：你不必再来了。

第二天清晨，还在熟睡中，他的电话劈头盖脸打来：

"你到底要干什么？我告诉过你不要往家里打电话，你昨晚为什么要这么干？她放下电话就跟我闹。"

"你关机了，我有急事找你，所以……"

"你为什么不在工作时间找我？为什么偏偏下了班找我？"

"对不起。"

"你到底要干什么？"

"我解释过了，也说过对不起了。"

"我们或者考虑分手吧。以前我不同意，现在，我想这也许是个正确的选择。"

"好。"

曾经，《查泰莱夫人的情人》是禁书；曾经，她被情人这个身份所困。如今，这些都成了历史的灰烬。张爱玲说，人间最大的憾事，是一个有天才的女人结了婚。有没有天才，她是不知的，能不能结婚，她是知道的。她希望，一切确定，暂且悬置在远方。她的圣经是明天。明天意味着悬念，悬念是让她活下去的唯一激情。

明天，她将走出房间，着手落实工作问题。校园告示簿上，关于研究生分配的招聘信息已经公布，下一段，她将为它而奔波。再下一段，可能就工作了。再下一段？谁知道呢。但是，下一段总会到来，它早已先验地存在了，这才是无可违逆的。

新婚燕尔，他常为妻子作诗。写在纸条上，贴在任何她看得到的地方。某天醒来，枕边有一张纸，上面是妻子的笔迹：那些诗，又有什么用呢？

现在他说：一场轰轰烈烈的爱情，又有什么用呢？

他不知道，火，同样先验地存在于她的血液里，需要的只不过是一根火柴。

如果我能够梦想

那么我梦想爱

如果我能够爱

那么我爱你

这就是他为她写的那首接近拜伦风格的诗。

他把一种倾巢而出的爱，限定在诗句里，限定在假设里。他也是先验地知道这一切的。他还是他。她还是她。唯有一息尚存的尖叫还在抗争，"该怎么指认？"比如说，简单到，一张两人共在其上的照片。总之告知她，他们曾经爱过。不。连这么一张照片都没有。什么也没有。她摊开手掌，你看到的只有两手空空。因此，这一场爱，一如语言哲学的险恶：你说它是全部，它就是全部，你说它是零，它就是零。

女收藏家

　　她喜欢收藏。收藏品：男人。

　　新浪潮时期，有人收集了形形色色三百多只屁股；安迪·沃霍尔用一个静止镜头收集了八小时的帝国大厦：犹如纽约的勃起。东欧电影人在审查中发明了一套有趣的性与政治的游戏，比如捷克大师伊利·曼佐收集的豪华女体宴：天花板的镜子里，旋转的圆盘上，纳粹的泳池边……

显微镜之父发现，有些生物像小蛇一样用优美的弯曲姿势运动，两百多年后，人们才弄清楚他说的是细菌。与不同的男人约会，是她的研究课题，将他们置于显微镜下观察，最终形成一份人类学报告：《关于这个性别的若干发现》。霍金有《时间简史》，她可以写一本《收藏简史》。

她收藏，是因为缺乏。

良莠不齐的收藏品，是她成为一个卓越的收藏家的必经之路。

有一次，上海情人问了一个致命问题。

"那么你是想嫁给我吗？"

"不，我没有说要嫁你。"

"那么你究竟想要什么？"

"我不知道，我不知道。"

母亲病危的那天，她若无其事地走回病房，她最擅长制造假象，她的假象就是母亲的药。她像往常一样准备回家，穿好大衣走到门口，母亲在虚弱中用力探起头看着她，"你的胃不好，回家先喝点儿热水。"她冲母亲一笑，扭过头，推开门，把门轻掩在身后。

而后，眼泪脱离了她的身体，流过楼梯，流过医院的大门，流过马路，流进超市，最后流在一包婴儿的纸尿布上，母亲已经失禁，只有这柔软得不会刺痛初生婴儿的纸尿布才不会刺痛她。她这一生，不会再经历比这更具兽性的时刻了。被撕裂，被捣毁，直至血肉模糊。曾经的那个她，早在那天就死了，陪伴她，在同一分同一秒，死在母亲之死里。现在的这个她，她的写作，都来自同一个子宫——痛苦。这是一份漂白意义的写作。她是谁，她属于谁，唯有痛苦作答。

当医生将各式插管从母亲停止呼吸的身体上取下，护士褪去她的病服时，现出布满细密针孔的婴孩一样的畸形裸体。护士用温热的毛巾擦拭着她的身体，她说，轻点儿，别弄疼她。她碰不得这个身体，她看不得这个身体，她答应过这个喜欢干净的身体："很快就会好起来，出院后，咱们回家洗个热水澡！"

她最终没能为这个身体，洗一个热水澡。

如果你想让她哭，那就跟她谈谈这个身体吧。

这个身体只触摸过一个男人，它的幸与不幸是，被背叛却不知。这个身体只走过很少的路，它最亲密的朋友是病痛和床榻。这个身体与她的身体是个双生花。到达一处新地，她对她说：你来过了。看过一场风景，她对她说：你欣赏过了。与不同的男人在一起，她对她说：你经历过了。

有一个天才钢琴师，人们叫他"1900"。新世纪的第一年，这个孤儿被遗弃在轮船上的襁褓里。他生于大海，从未踏上过陆地。直到一个美丽的姑娘从窗前飘过，他恍惚了，穿好大衣，拎着皮箱，决定上岸。踩上踏板的一刹那，他停下来，望着岸上的城市，伫立良久。

"不是因为我所见，而是因为我所不见。拿钢琴来说，琴键有88个，错不了。我可以在有限的琴键上弹奏出无限的快乐。上了岸，何去何从？城市没有尽头，在这个无限大的键盘上根本无法弹奏，这是上帝的钢琴。爱一个女人，住一间屋，买一块地，太多选择，我无所适从。对我来说，陆地是艘太大的船，是位太美的美女，是条太长的航程，是瓶太浓的香水。"

二十六年里，这个女孩就是1900：一直做世界的旁观者。不同的是：二十七岁的1900，最终没有下船；二十七岁的她，相反，踏上了无限长的航程、没有尽头的世界。她要纵情地吸食人生全部的蜜糖和鸦片，洞晓世间所有的冷酷与温情，然后，统统还给母亲。

毕业后，她进入电视台工作。再一次，她成为全校的异类：不要户口，不要关系。其他人可以为了落户首都而曲线救国，哪怕先去一个不喜欢的单位，再以此为跳板。对于她，没有这回事。所做的，一定是喜欢做的，所爱的，一定是想要爱的。违逆本性的妥协，一分钟都无法忍受，你无法分辨这是任性还是疯狂。

她颇得两位制片人的赏识。一个开玩笑地说："她能做大老婆，也能做小老婆。"另一个严肃地说："她是一个全面的人才。"于是初来乍到，就被派往青岛出差。彼时还是电视媒体的天下，地方企业相当重视，奔驰接送，入住五四广场的五星级酒店，窗外是海，出入是海鲜大酒楼。她第一次望着大海发呆，这辈子的奋斗不过如此：高级轿车，高档餐厅。她因此非常快乐了吗？好像并没有。除了五分钟的新奇与虚荣。她忽然感到庆幸，在一切来得及的时候，对金钱有了一种免疫力。

之后作为骨干，参与策划一档新栏目。在她的提议下，研发小组请来了她崇敬的电视英雄，他不仅栽培出最好的新闻栏目和主持人，还不顾一切为那些没有身份的电视人争取权利。几经沉浮，终于升任台长。她问他："您如何评价电视节目午间时段的开发？"他低下头，思索了一会儿，在若有所思中给出简洁的回答：

142

"多样性不够。"

大家都陷入了困惑：电视频道越来越多，节目却越来越少，一百个频道长着同一张脸。要发展，就必须专业化；要生存，就必须大众化。在走不出去的怪圈里，他们惊奇地发现还有一种节目尚未轰轰烈烈地登上国内的舞台。他们击掌大叫："咱们国家电视节目的辩论时代到来了！"

"今天的辩论话题是：你享受国家救济，那么，你该不该饲养宠物？"

看着样片，屏息凝气中，掌声四起。

"很久没看到这么激动人心的节目了！"

"辩论那些影响我们生活的话题——多棒！"

"只要部长点头，就能领到准生证了，好好干吧，肯定能火！"

"据说部长点头了！"当天晚上，制片人带着全栏目大摆庆功宴，几位主创都喝得醉醺醺。

忽然，所有领导都吓住了。样片灵感来自CBS的时政辩论节目。但是国内不能变成唇枪舌剑的黑白两张嘴、民主与共和，那是美国。一听到要大刀阔斧地表达"言论"，他们的眉头和肠胃同时绞痛，随即一拍桌子，这个名叫《交叉火力》的"孩子"，死了。

推倒重来。

推倒重来。

推倒重来。

没有经历过改版，不可谓电视人生。一稿二稿三稿……九稿，各种形态与主题的实验，梦了，倦了，最后回到中规中矩的人物专访。

于是，今天叱咤风云的商界领袖、金融精英，她在那个时候就与之面对面了。她在那么年轻的年纪，就浸淫在最成功、最显赫的人生里。这究竟是好是坏，谁也说不清。

父亲离世的那个春节，制片人将欣赏化为默默的关怀，派她去亚布力，参加企业家论坛。没有交代任何任务，潜台词是：去散散心，滑滑雪吧。在最好的滑雪场，她看到了 Mr. Big。

二十八岁。她与她生命中的 Mr. Big 相遇。

作为采访对象，他以一种真挚的沉稳打动了她。节目录制完毕，他放开司机自己驾车，她坐在他身边，望着窗外，秋天从没有那么美过。

"你会怀念国外的生活吗?"

"更怀念那里的安静吧。我喜欢思考，需要安静。"

人，终其一生都在寻找自己的同类，她找到了，却愚蠢地发誓：只有达到他的高度才去见他。身边所有知道他的人，都这么说：他太"高"了。

鲍勃·迪伦年轻的时候，父亲劝他，要上军校，得有关系和履历。父亲说的"关系和履历"，让他气恼，他不喜欢它的发音，感觉被剥夺了某种权利。"他太高了"，她也不喜欢它的发音。

父亲的离世，让她放下骄傲，发出一条短信。

清晨，她被短信吵醒。一行字，飘进来。

"可能因为新近换了手机，号码不全，十分抱歉未能查到名字。若不介意我的粗心，请告诉我，你是谁。不过无论如何，感谢你的短信和关心。"

她是谁？她该告诉他吗？不该告诉他吗？又该怎样告诉他？她是一个疯子，一个孤独者，一个野心家，一个晨曦微露准时开始白日梦的幻想狂，一个如丝绸般闪烁着复杂性的雌雄同体？

"我不是你生活圈子里的人，借一次电视节目我们有过不多的交道。两年前的事，你未必记得了。我的名字，若未来某时有机会一起喝咖啡，你会知道。"

"你的姓名是以×开始吗？如果我猜对了，我想我们有足够的理由坐下来喝一杯咖啡。"

"阳光灿烂而又柔媚地照进来，看来，我们要坐下来喝一杯的话，需要重新寻找理由了。"

"探索神秘和未知应该可以是一个理由了。既然说到了阳光，我们或许下午可以在昆仑的阳光酒廊喝咖啡，如果你有空的话。"

146

"我的心比我的生活更自由。待春暖花开，不是更好？"

"看来没有选择。明天的时间呢？我下周出国，时间又失控了。"

"来日方长。慢慢感受也未尝不是件有趣的事。"

"好。祝工作愉快，一切顺利。"

两周后的清晨，又被短信惊醒。

"原以为好奇心可以被旅途磨掉。看来修炼还没到家。周末或许有点空？"

"人能够被好奇心牵引是青春的标志。不巧有事。今后弥补。"

"想来该是个潇洒女，可连番回避已有怯场之嫌了。再逼你，就显得我不够厚道。好吧，等你觉得合适的时候吧。"

没错，她还没有准备好。

什么样的情绪？什么样的话题？什么样的风格？弗拉门戈式还是冰山美人式？一定是一套新衣服，裙装还是裤装？鞋子，一定要高跟鞋，皮包，一定要简约，香水，一定得是她的标识。那么多个她，哪个去见他？他不该揭穿她，应当体恤她，她把他看得太了不起了，所有人把他描绘得太高了。"一切皆有可能"是真理还是谎言？

一所美国中学请来超现实主义画家达利，当时老先生快八十岁了，走进礼堂时，他手里牵着一头活的金钱豹。达利老爷的浪漫，不可以是她的浪漫吗？

既然她的"国王"和"王后"都已去世，她终于可以回归她的吉卜赛天性，像谚语里说的——今天我大吃大喝，明天我忍饥挨饿，后天我又饱餐一顿。

于是，她做出了决定。

"趁着春天还在，预约你的周末，好吗？"

"周日上午从瑞士回来，下午应该没有问题。两点，阳光酒廊？"

"约会成交，等你回来。"

这是她一生中，最认真的一次约会。

阳光酒廊的Mr. Big

3月4日。这就是那个日子。她的生日。

窗外下着小雨。她慢腾腾洗了个热水澡，擦干身体，涂上润肤露。取一滴骨胶原润发露，在手心抹开，擦在发梢。修剪指甲，保持原色，健康的淡粉。上妆，透明粉底、黑色睫毛膏、裸色唇彩，都刚刚好。透明长筒袜。珍珠灰手提包。小巧的天梭表。以及一点点：COCO Chanel。

好了。

雨还在下，午后的阳光酒廊已经打开了咖啡座的落地灯。环视一圈，她选了靠近落地窗的沙发坐下。捡起茶几上的旅游杂志，暗暗做了几次深呼吸。

落地灯，在落地窗上投下了她的影子。稍作打量，你会发现，她不一样了。

前一次的约会，暧昧的淡藕色紧身裙，尖尖的长皮靴，烈焰红的丝绸睡衣，这些都指向了一种美学：性感。

这一次的约会，白色连衣裙，珍珠蓝羊毛开衫，一双小圆头白色皮鞋，这些指向了另一种美学：清纯。

这个形象，是最本真的那个她。这个形象，致 Mr. Big。她的收藏家岁月里的 exception。

是的，他是她的例外。如果你问她想要什么，她可能会说，什么都不要。没有任何目的，没有欲望作祟，不是为着体验一场爱情或者研究男人这个性别，是忘记了诱惑，忘记了征服，是不由自主、情不自禁，像她身穿的白色一样无辜。她甚至懊悔，那一段疯狂的冒险的收藏之旅啊，他会怎样看待她的这段荒唐历史？去见Mr. Big 的，应该是一个完美无瑕的身心。

一个高大的身影来到面前。她抬头，起身，握手。"你好。""你好。"

第一句话是她说的，打趣道："悬念终于解开了。"

Mr. Big 笑了。

刚刚从瑞士达沃斯论坛归来。七点钟的早航班，马不停蹄地配合这个迟迟不肯露面的女孩。这首先传递出一种性情：他是个认真的人。认真的男人，非常非常可爱。

"其实不用这么赶的。我们可以改时间。"

"没关系。我会对生活有一个排序，哪个是我认为最重要的，哪个可以相对置后，有一个优先级。你不必多虑。"

落座寒暄，她问了一些论坛的情况，Mr. Big ——回答。这使她有机会仔细地看看他。深蓝色西装外套，白衬衫自然地敞着领口，微微胖了一点。

那天，摄像师的镜头忽然停在 Mr. Big 的领带上，随后关掉机器，说格子领带会在画面里跳，需要他换一条。他的秘书赶紧去隔壁的商务中心，挑了一条符合录制要求的领带。他试了试，说："我自己去选吧，很快回来。"在她的采访生涯中，无数嘉宾，许多在镜头前都被要求换领带，但没有人是他的方式："我自己去选吧。"

这是怎样一个男人？一定不会向他理想之外的生活轻易就范。绝不会背叛自己的美学标准。当他发现秘书选择的领带不对，那条领带的颜色和花纹里应该住着另一个人，绝不是他，那么，他亲自去选，它的颜色和花纹是他的颜色和花纹。他绝对知道自己想要什么，而且绝不苟且，这让她从千万人中抓住了他。

她沉浸在第一次相遇中，以一副失神的样子望着他。被她这么一看，Mr.Big似乎有点紧张。证据是：他不时地用手捋捋额前发。

论坛的话题将尽，他在新调整的坐姿里朗声一笑，"我感到自己好像在接受采访。"

"哦，这可恶的职业习惯。"她收回"凝视"，他彻底放松了。

"说说你吧。"他要求。

这一刻不可避免地来了。

"两年前的采访，是我们第一次见面；一年前的经济年会，是我们第二次相遇；此刻，是第三次。"

"哦，我总感觉那次采访就在不久前。那次电视录制，我印象很深，当天下着雨。"

她心里突然又酸又甜。他还记着当天下雨。而她，竟然忘了。

Mr.Big行事低调，极少在媒体面前抛头露面，也许由于她周到的公关技巧和专业的采访提纲，一定还有她的声音，令他罕见地，在电话里便接受了邀请。一次关于工作的电话长谈、一场电视专访、一条冲动的短信，她的面孔，声音，拾级而上的高跟鞋，一闪即逝。来不及，来不及。她与 Mr. Big 的生活没有交集，他们不会使用同一条林荫道同一间餐厅同一家面包店，他们隔着一座巴别塔。

Mr. Big 谈起自己在专业方面的不断转换。为了演绎他的逻辑思维，他笑着讲了个小故事。前些天做过一份测试题，初次得分七十，结论是"你有哲学家的头脑"，待看过答案推敲再做，得分九十，结论是"你有数学家的头脑"。两种结果让他甚觉好玩。"我儿子很有可能遗传了我的思维基因，他不管说什么都讲究逻辑，呵呵。"关于未来的投资意向，他表示："我对你所在的领域觊觎已久，但是还在观望，传媒行业更多受限于国家的政策，不可操之过急。"

谈话，不知不觉流向 Mr. Big 逐渐形成的一套人生哲学。"我感到兴奋的是，至今还没有人能够从根本上推翻我的理论。我曾经很困惑，人这一生，死亡这个结局一旦写好，那么走向这个结局的任何一步都是很荒谬的，因为无论怎样，最终都是一场空。"

"这么想的话，岂不是要悲观绝望？"

"所以我试图找到摆脱的方法。我发现：延续是生命的本质。人类之所以能不断生存下来，一定是有某种能够使其生存进化的东西在起作用，这种东西基于被生命的经验所证明而保留下来得以延续，随着历史的推进不断有另一种新的东西完成着延续。比如说，当一个男人遇到一个女人，他会认定那就是他的人生伴侣，他为什么没有认定另一个女人就是这个人？一定是有某种东西让他预感到自己与这个女人可以生育出聪明健康的后代，因此他几近本能地选择了她，当这个男人拒绝其他女人时，一定是某个东西在暗示他与之结合的后代不会像他所期望的那样聪明健康。生命就是在无数这样的基因作用下延续下来，重要的是，我们自己也参与了这场人类历史的基因大战。想到我们自己身上可能会有某种东西被后面的一代又一代接过去并传下来，我们当然愿意积极地去创造这样一种东西。关于延续的哲学让我看到了生活的希望，这是近两年我收获的最大成果，比金钱和名声都更重要。我甚至想把它写成一本书。"

"太好了，你一定要写，我一定会看，我相信会给很多消极的心灵带来出路。"

"是的，我会写，但是可能要等到我退休以后啦！"

他们愉快地笑起来。

她的大脑彩排过无数次会面的情景，但是他坐在她面前神采奕奕略带微醺地谈论人生哲学，却是不曾料到的。他是镜头里儒雅的现代精英，职场上沉着冷静的企业家，但是她不曾见过今天这个，激情的额头几乎照耀了暗淡的雨后黄昏。

她不时由衷地点头，听到妙处会双手合十，或者跃跃欲试，企图寻找他的逻辑漏洞，温柔里暗藏机锋，优雅中不失率性。一切恰到好处。时光飞逝，天色近黑，终于，他靠进沙发啜了口咖啡。

"不知为什么，今天谈了这么多，这么高兴，平时我很少与人谈起这些话题，而且谈得如此有兴致！"

阳光酒廊的谈话印证了 Mr. Big 的人生状态：志得意满。

"那么，不再有困扰你的事情？"

他想了想，"很少，但都可以用理智来驾驭。当一件事情有风险，并不意味着一定要放弃它，只要将风险降到最低即可。Try，why not？ 一切皆可尝试，只要事情在你的掌握之中。"

他的无懈可击，微微吓了她一跳。

"再说说你吧。"他饶有兴致地说。

"我辞了职，专心写作，周游世界。"

"很好啊，很好啊。"

"不过，我还达不到你的境界，还无法随心所欲，还要为生存奔波。"

"其实，所见越多，所不见也越多；所知越多，所不知也越多。"

短短的沉默后，她突然望着他，眼神和语气，没有丝毫回避或躲闪：

"你对我好奇什么呢？"

他低下头沉思。

"我很少碰到像你这样的女孩。我觉得我们很相像，能够看透很多事情，但绝不看破。"

"有些女孩子很低，但是不够坦然，有些女孩子很高却又很傲慢，而你把握了很好的度，你很自信。"

电话响了，结束了这场为时数小时的谈话。他陪着她穿过酒店大堂，人来人往中，他们肩并肩走在光可鉴人的大理石地板上。这一幕，她思慕了很久，终于肩并肩走在一起了，直到他送她走出旋转门坐进出租车互相挥手告别为止。

那是怎样一种感觉呢？

像一场绚烂的烟花腾空怒放又无声湮灭。又像西西弗斯不可思议地将巨石推上了山。

从昆仑饭店来到女友家，这幢住宅由她的建筑师男友设计，为了这层人与物的情分，男友奢侈地买下一套。新居落成，家中邀客，做了油焖大虾、排骨鲜藕汤、时蔬小炒、水果沙拉。女友上下左右地打量她，"你是我认识的女人里最精致的一个。"

她胃口大开，津津有味地吃着。

她与Mr. Big之间是流动的。他们之间的流动，会使孤独无处生根。他们的天性敏感而丰厚，都是从容坦然、善于自省、懂得谦逊为何物的同类。最是那棋逢对手的快感，一如狮心王遇到萨拉丁，惺惺惜惺惺。

Mr. Big，一直走在前沿，同时保留了老派的内心。麻省理工毕业后回国创办高科技公司，四十岁位列国内富豪榜第二十名。但是他简单低调得根本不像一个富豪。用车不过商务别克，购物习惯一如他的性情，比如去超市买牛奶，会直奔自己信赖或喜爱的某个品牌。他的财富观很淡然：财富唯一正面的是，也许能给你一种自由，人需要自由，而不能让钱成为束缚你的东西。很多富豪热衷名利场和女明星，游艇派对，私人飞机，这些都与他绝缘，顶多是与银行家打打高尔夫。简单的状态就是他喜欢的，即便在一个与世隔绝的孤岛上，也能生活得好好的，因为可以静下心来思考。

低头沉思的样子，是Mr. Big在她心里久久不褪的一个形象。非常，非常，打动她。他与她过去认识的、将要认识的男人，都不一样。她可以预见到，她有着《荷马史诗》里盲人先知忒瑞西阿斯的预见能力。如果非要下一个定义，那么，他是她有过的顶级的收藏品。一个哲学家、智者，以及一个亿万富豪完全不必要的英俊……

费雯·丽因《乱世佳人》获得奥斯卡影后，颁奖词如是说——有如此美貌，又何须如此演技；有如此演技，又何须如此美貌。好莱坞为费雯·丽分裂。她为Mr. Big分裂。

六十年前，一只名叫莱卡的狗，上了太空并死在太空。它是人类太空探索的里程碑，也是最令人心碎的孤

160

独客，独自在太空，嗷叫了很长时间。她也是心有创伤之人。对于无懈可击的 Mr. Big，她的伤口，就像一袭华美的丝绸旗袍上千疮百孔的烟洞。他能懂得她吗？

早年，一部电影《喜富会》成为她的启蒙。平凡的黄皮肤女孩，因为眉宇间的独立自信，征服了出身名门的白人公子。婚后，女孩却把自己丢了。

"今晚想吃烤羊腿还是炖牛肉？"

"都可以。"

"那么到底吃什么呢？"

他不耐烦了，"我想知道，你想吃什么？"

他提出离婚。

"她是谁？"

"没有她。是我们自己的问题。"

他准备卖掉房子。

女孩坐在庭院里，任雨水流过她的脸，任他敲门不去应。丈夫开门怒斥，这是怎么回事！

"滚出去，从我的院子里滚出去。"她让他吃了一惊。

"不要谈我的房子，不要谈我的女儿，不要谈关于我的任何事，因为你根本不知道我是谁。六十年前，我就死了。"

她一字一字，令人生畏。

"说下去，我在听。"他慢慢蹲下来。

"问题不在你，在于我。我总认为，你比我更有价值，是我错了。"

这也是她的故事。她与 Mr. Big 的故事的完整版。只不过，这个故事尚未上演便已落幕。

那天去见 Mr. Big 的，是一个懦夫。

她没有对他说，父亲去世的春节，她失去了一个根本意义上的家。想到北京这座城还有他，她坐在夕阳里默默流泪。

《荆棘鸟》里，拉尔夫·德·布里卡萨特红衣大主教谈起他的麦琪："她是一种理想。"她没有对他说：你是一种理想。

一场肆虐全城的非典，将她推向一个射手座男人。通常，科幻电影钟情灾难，因为可以提供"最纯粹的奇观"，神圣的梵蒂冈被洪水淹没了，巴黎的卢浮宫倒塌了，病毒使整个地球不孕不育，外星人入侵，哥斯拉来袭，这些都是艺术想象，"恐慌"变成了修辞。爱情故事也钟情灾难，张爱玲的《倾城之恋》，用一场战乱成全了白流苏与范柳原；托马斯·曼的《魂断威尼斯》，用一场瘟疫成全了一个中年男人的疯狂：爱上一个美少年。

然而，她的恐慌不是修辞，是实实在在的一座空城，是电视里每天播送的新增死亡人数。早在那个集合了才华横溢的电视人的研发小组，她结识了这个大无畏的射手座，偏爱黑幕与环保题材，独闯可可西里无人区。现在，几乎成了她的一座私人教堂或精神病院。他对这个瑟瑟发抖的疯子不做任何抵抗，乐于支付给她源源不绝的勇气。

他对这个故事的定义是："真正的爱情就是这个样

子，心甘情愿的，束手就擒的。"她对这个故事的定义是：随着灾难的消逝而烟消云散。射手座男人，一边长叹着"博爱主义者"，一边又慷慨地用一句也许会令任何女人心动的话为这个模棱两可的故事作结："如果你有幸发现她的价值，你将得到一个无价之宝。"

是的，镜子里的这个女人，一件银色丝质旗袍裙，肌肤白嫩，腰，细软，胸，尖尖翘翘，锁骨温润。可惜了，可惜了。即使上升到最严格的美学层面，这样一个身体也是要被轻轻哀叹的，它美，却被荒废，像一座奇丽的教堂被雾吞噬不见一样深深撼动你。它有多久不被抚摸？有多久不被抱在怀里了？

Mr. Big之后，她的收藏家生涯，戛然而止。

极简主义

"你变了。"

"成熟了，沉静了，瘦了，美了。"

他又反问："我有变化吗？"

拘谨片刻，他开始热烈地凝视她。

她莞尔一笑，低头喝茶。

他突然唤她的名字，她抬起头，他手里的彩屏手机咔嚓一声，把她收在里面。

"当时我太急躁鲁莽了，处理得不好。丫头，我以为今生都不会再见到你了。都是我不好。能见到你，我很开心。"

在经年累月的时间里，她长"高"了。她一直在长，长到他的肩膀，他的下巴，他的嘴巴，他的鼻子。她的眉毛和他的眉毛在同一水平线上了。不，她可以俯瞰他的头顶了。不，她的视线越过他的身躯了。

有一个名叫金的穷作家，付不起房租，就答应房东，每星期向其他房客宣读他正在写的《假如醒来就死掉》的一个章节，如果他们解不开小说的谜底，他就不用付房租，靠着这个故事，他一直住了下去。

而这间"上海客房"，她再未踏足，因为谜底早已揭开。而她，只对"谜"感兴趣。厚厚的嘴唇，温良的眼睛，还是那个样子，还是那个声音，只是"上海情人"应该换一个称谓了，既然样子和声音都像埃尔维斯，就叫他"猫王"吧。

中午，她和"猫王"去餐馆吃饭。

"以前在外企工作，待遇好，报销的权限大，生活得很挥霍。辞职出来自己做公司，是想尝试一下新的方式，看看自己的潜力有多大。公司刚开始运转。我反倒没有太大压力，而是回归到普通人的生活。挤公交车，吃简单的盒饭，出一身臭汗但是神清气爽，轿车、酒会、出差，都离我远了。只剩下烟，看书的时候，还是喜欢抽几支。"

"现在读得最多的，是中国历史。《老子》《孙子兵法》，还有西方哲学。经过一宗案子和一场病，我对人生参得一知半解。人生什么最重要？金钱，权力，都是假的。"

"难得一见，喝点酒吧。"他给她倒了小半杯。

"想当年，你也是豪放的女孩，陪我喝酒抽烟聊天，真开心啊。"

吃罢饭，来到他的公司。他泡了咖啡，放了音乐，艾灵顿公爵的爵士乐，好像是她曾经送他的唱片。

他在她身边走来走去。在她身后走来走去。停下。伸出手。摸了摸她的头。

一阵胆怯后，将她拉进怀里。她轻轻推开。

"为什么来见我?"

"你怕了?"

"有一点儿……可是我抗拒不了。就像一个悬念，令人捉摸不定，越是捉摸不定，越是诱人前行。"

他突然吻她，她挣脱。他又来，她又挣脱。

第一次见面时，她坐在沙发里，双手抵着下巴，双臂抵着膝盖，若有所思的样子。他走过来，"你这样的女人，男人看到就想保护。"那是他第一次吻她。她曾经害怕他的吻，使她忘了来处，忘了去向，让她像个疯子一样被一个男人爱过。

"丫头，这些年，有过令你心动的男人吗?"

她莞尔一笑，什么也没说。

他换了个话题。"这些年，你的心情好吗?"

"很好。也懂得了爱情不是人生的全部。"

他悻悻然冷笑一声。

她莞尔一笑，什么也没说。

168

曾经，她喜欢他叫她丫头。

他说，这里面有多重含义。

"丫头，我想你。丫头，我把电话放在浪花上，你来听听海的声音。丫头，今天北京零下二十摄氏度，让我把你的心拿到上海来晒晒太阳吧。丫头，你是上天赐给我的礼物，永远记住，我爱你，无论未来发生什么，决不允许你怀疑我对你的爱，决不允许你从我身边跑开，你懂吗?"

丫头这个，丫头那个。

此刻，他的手指掠过她的眉毛，眼睛。"丫头，即使你老了，我也永远比你大六岁，我永远懂得你。"他跪在她的膝头，脸埋进她的掌心，每一道掌纹，被混杂着他的忏悔的眼泪和唇吻所湮没。

"我要走了。朋友约好一起吃晚饭。"

他无言地抱了她一会儿，然后放开。

车来了。他搂搂她的肩膀，看着她上车。她想上去抱抱他，像过去那样。

但只是朝他挥了挥手。车门关闭，开走，他的身影不断后退。

此后，"猫王"不断发来他创作的古体诗：

初夏夜

风雨声

半醉狂书生

情若云烟绕指柔

难出是非门

爱之痴

恨之深

少年负青春

红尘一粟梦功名

已作白发人

——《深夜独白》

她想回应一句波德莱尔的诗：

我是伤口

我是刀

是被害者

也是刽子手

但是再也没有回应过他。

她也没有对他说，她专心写作了。

高考前，眼泪扑扑簌簌掉进蛋羹，平素沉默威严的姥爷忽然说了一句话："不用怕，考不上大学，就在姥爷的楼上写小说，写成张爱玲，姥爷养你。"

孙辈中，这个女孩是他的最爱。或许觉得只有她，能够延续他的精致与聪慧。这是个非同寻常的男人，良善的资本家，开明的大家长。也是她见过的最整洁、最讲究、最有风度的中国男人，裤线永远笔直，白衬衫永远浆洗得挺括。他不是那种会慈祥地摸摸你的头，问寒问暖的长者，但是他会把跟随了一辈子的派克金笔留给这个女孩。单独把她叫进房间："这些孩子里，只有你了。"这个不擅长表达感情的男人，以自己的方式爱她。

如今，姥爷已不在人世。至亲至爱，都已不在人世。包括她的哥哥，死于意外事故。

她因此获得了一种萨特式的自由："我不知道这是好是坏，但是我没有了超我，我自由了。"

像一件极简主义的艺术品。

危险瘾君子

写作累了的时候，她换上白裙，戴上墨镜，站在涅瓦河的桥头发呆。夜间九点的夕阳，在新古典主义的建筑上涂抹了一层绝美的金色。滴血大教堂前，化了妆的街头艺人，等着过客来合影；马车咯哒咯哒，载着好奇的观光客；不远处，女孩拉着小提琴，她第一次被一把街头小提琴拉得掉下眼泪……忽然，腰间轻轻揽过来一只手，慌忙回头，一个绅士般的男人看着她，问：

"Why are you so sad?"

在这个美得夫复何求的夏日，陀思妥耶夫斯基的《白夜》，竟然在她的生活里上演。

她来到他经常光顾的以他的小说命名的"白痴餐厅"，来到他在圣彼得堡的家。孩子们的玩具木马还在，书房是一家之重，秩序绝不能乱，笔在笔的地方，烟在烟的地方；墙上挂着拉斐尔的圣母像，时常凝望良久。爱吸烟，爱喝浓茶，爱夜间写作，爱去市场买东西……她从未想过像他这样，在凡俗之事中过一种审美生活。

伍迪·艾伦的喜剧，总有一个悲观主义的主人公，列出一份"令生活值得一过"的事物清单——

路易斯·阿姆斯特朗的《笨蛋蓝调》

瑞典电影

马龙·白兰度

塞尚的苹果和梨

特蕾西的脸……

她，从不列清单，不作计划，更不需要随身带着笔记本作备忘。她是一个亨利·米勒式的"教徒"——"真正的教徒，在教堂之外。"她在世间规则之外，随遇而安。巴黎卢浮宫、纽约大都会、大英博物馆……直到在艾尔米塔什博物馆遇到当年震惊她的绘画题材《罗马人善举》最著名的鲁本斯版本时，她才意识到自己走过了"四大博物馆"。圣彼得大教堂、米兰大教堂、巴黎圣母院、科隆大教堂、圣母百花大教堂……直到被滴血大教堂纯正的东正教美学深深震撼时，她才意识到自己走过了"世界最美教堂"。

决定下一站的是——闭上眼睛，手指地图。她喜欢这样，不知道要到哪里去，同时已经走出了很远。在尼泊尔的博卡拉，做了生平第一次滑翔；在土耳其的卡帕多西亚，有了第一次乘热气球的经历；在布达佩斯的老布达岛，以一本通往"自由岛"的护照，第一次参加露天音乐节，乐队主唱煽动着人群：Take off your T-shirt

（脱掉T恤）！Lose yourself（放飞自己）！整座岛都脱掉了衣服，抛向了天空！2010年的第一天，看到的第一个景致是，日出时分美得不可方物的泰姬陵；2018年的第一天，醒在卡萨布兰卡的涛声中，推开露台门，就是大西洋，在新年的第一道彩虹之下，在大自然的恩宠之下，奔跑不尽，像大西洋一般磅礴地活过……这样的时刻，就是流浪的礼物。

流浪，就是她的存在。孤零零一个人，她在哪里，哪里就是家。离开圣彼得堡一周后，她日日出没的地方，炸弹爆炸；离开伊斯坦布尔两周后，她漫步的索菲亚大教堂前的广场，炸弹爆炸；埃及处处是荷枪实弹的士兵，她拎着皮箱站在尼罗河畔，第一眼被吓了一跳——ISIS，后来才知是女神伊西斯的名字，然而在离开亚历山大港的十天后，她坐马车经过的老城，炸弹爆炸……她一边在遥远的地方惊魂未定，一边像担忧一个亲人一样问："你还好吗?"

上天也算眷顾这个傻乎乎的好奇者？所有的恐怖袭

击，好像等着她刚刚转身便于身后火光四起、浓烟滚滚。上天是否知道，她血管里埋着炸药，需要的不过是一根导火索。《现代启示录》的中尉喃喃自语着："哦，西贡。"她喃喃自语着："哦，巴尔干。"巴尔干无与伦比的混乱与复杂，点燃了她灵魂里无处安放的火药桶，她内心休眠的火山。废墟上千疮百孔的弹孔，就是她的伤口。这是个危险瘾君子。或者，不如说是关于存在的激情。

在西班牙，前往运动场去看bullfight（斗牛）的途中，一件比bullfight更激烈的事发生了。她的后脑勺忽然被一个生硬之物顶住：一把枪。一个高大的黑人，抢走了她身上的一切，背包、相机、钱、护照，除了一样：命。两手空空地流落异乡街头，甚至没有一个可以打电话的人。这也是一种"特权"：一个天经地义接电话的人。

从西班牙来到意大利，参加威尼斯电影节，住在圣马可，往返丽都岛。深夜看完电影，搭上最后一班渡轮，起风了，男人用外套把女孩裹在怀里，就像从战场归来的拿破仑将他心爱的黛丝莉裹在军服里。在那一晚的困意和冷风中，在漂回圣马可的恍恍惚惚中，她希望自己是男人怀里的女孩。

正是在丽都岛，托马斯·曼写下《魂断威尼斯》。失去爱女的中年男子，来到威尼斯散心。之前的他，是一个神经紧张、追求完美的作曲家，也许平衡里藏着恐惧，害怕直接而诚实地触摸世界。之后的他，踏上了惊魂之旅。

像她一样，两个他，一正一反地辩论过：

→完全支配感官，才能获得智慧与尊严

←智慧与尊严有什么用？邪恶才是天才的粮食

→艺术家应当成为和谐与力量的典范，不能模棱两可

←艺术就是模棱两可，模棱两可才有艺术

……

但是没有时间了！他已对自己的感官负债累累。终于，他向美伸出了手。只有看与被看，却搭上了性命。杜拉斯有"劳儿之劫"，托马斯·曼有"美少年之劫"。

那么，她呢？又是什么喂养了她？邪恶？模棱两可？还是一种"后现代主义式自恋"——偏好个人成就甚于爱情？她曾经想：有一天，他路过书店，走进去，看到书架上有她的书，手里翻着书，心里说着，这是我的女人写的。如今，她的书散落在各个城市的书店里，而她早已不再关心这个了。

文学是什么？"它是我们生活中一种基本的、感人的力量"，最初遇到这个句子，她几乎湿了眼睛。她觉得：我们的文学正在前所未有地失去这样一种力量，而我们需要它却甚于以往任何时候。

科波拉说："要懂得我是谁，就必须懂得五岁小男孩时的那个我。充满激情，为朋友们上演戏剧。他还在那儿。事实上，我是个幸存者，一个幸存的小孩。"

要懂得她是谁，就必须懂得她儿时所在的那个家属院。那个家属院啊！堪称戏剧家的乐园，它的腐烂和秘密足以把你喂养成一个巨人。

诱引者手记

　　小城，大厂，三教九流，五湖四海。这个自成一体的小社会，有工厂，学校，医院，食堂，露天影院，也有一种盛产轰动事件、历史之谜的天赋。

　　她的小学班主任，一个德才兼备的好男人，而立之年娶了一个年轻美丽的妻子。洞房花烛夜，妈妈来探望，三人有说有笑，儿子削苹果，媳妇倒茶。次日清晨，整个家属院都震惊了。新郎用绳子勒死新娘后，自己喝下一瓶安眠药。他甚至非常体面地，为她穿戴整齐，盖好被子。

一对高级知识分子，生下一个弱智孩子。某天回家，睡在襁褓里的婴儿忽然变成了绛紫色。很快，流言爬上了每一家的饭桌：襁褓故意没留缝隙，婴儿是给活活闷死的。

这个家属院里，她最害怕的，除了一只威风凛凛的大公鸡，还有一个叫傻二丽的女孩。现在流行精明，那时候流行傻子。她根本就是个男孩，短发，愣头青的身板，愣头青的动作。常常堵住她，用只有眼白的眼睛吓唬她。"走开，傻二丽。"全家属院都这么叫她，这是个有脑膜炎后遗症的傻子。但傻子不全是二丽这样的。小花是她见过的最柔情似水、多愁善感的傻子。不，她不认为小花是傻子。她喜欢淘气捉弄她，"小花，一加一等于几？"每次小花都红着脸说"不知道"，仿佛为她不知道而感到羞愧，傻子会感到羞愧吗？小花的身体纤细，手指纤细，头发纤细，这使得她的多愁善感的气质达到了统一。她的多愁善感源于她的自知，知道自己傻，常常为之叹息，不知将来怎么办。傻子会叹息吗？别的戏剧家有解围之神，她有小花。小花的眼睛像马，含着水汪汪的令人想哭的人性，即使被她气得要来打她也只是做做样子，一点儿不疼。听说她后来嫁了人，嫁给一个智力健全的瘸子，她对男人知疼知冷。

她家隔壁，还藏着一个人物。女孩叫小伟，单单这取名都是敷衍了事的。小伟和哥哥是龙凤胎，妈妈做清洁工，爸爸打油井。长期无人管教，兄妹俩就像野生动物，打不完的架。有一次，她去数学老师的办公室交作业。老师坐在椅子里，小伟站在他身边，老师的手，伸进小伟的衣服里来回游走。她，蠢得，竟然以为老师在给小伟挠痒痒。又有些迷惑，老师怎么会给学生挠痒痒呢？后来，传出数学老师的流言。结合一想，她才明白。

后来小伟辍学，在社会上混。再度出现，几乎脱胎换骨。以往她妈妈把她当男孩子养，双胞胎一模一样的粗布蓝衣。如今小伟高跟鞋波浪头，牛仔裤把小屁股绷得非常好看。但是很快，焕发了女人味的小伟又不见了，据说上了油田，跟油田上年轻力壮的男人们一瓶一瓶地干白酒，干完白酒就上床，以此方式，睡遍了油田上的男人。家属院的女人们骂她不要脸，她爸爸揪住她往死里打。但是照例喝醉酒，钻进随便是谁的被窝。小伟爸爸嫌丢人，打报告申请下油田，回家属院看大门。

她家这一排的尽头，住着另一家人。男主人已经当了外公，有一个洋娃娃般的外孙女，但让他出名的不是洋娃娃。他常被人看到，深夜站在某幢楼下，抬头凝望其中一个窗口。窗口里，住着一个风韵犹存的寡妇。他老婆跪在地上向组织控诉。这个丑闻，在老花花公子终有一天上了楼走进寡妇家的传说中抵达了高潮。当然，过不了多久，又被新的丑闻取代。

她的那个家属院，是不会甘于寂寞的。即使长大成人后不断辗转于各个城市的各种社区，然而没有任何一个地方，能够超越它繁杂又糜烂的美。这个家属院，谁家有事了，大伙齐帮忙。"叔叔""阿姨""大哥""大姐"，就是家属院里的通行证，只要喊一声，一个叫不上名字的人都会二话不说来应答。她母亲身体不好，每逢端午节，一定有几个女人买好粽叶和糯米来到她家包粽子；她母亲病危时，父亲恰好出差，前呼后拥不知哪来的一群人，联系医院的，收拾用品的，以及一副人体担架——一个健壮的妇女把她母亲背上救护车。

某天放学，马路上有人吵架。一个穿着紫红丝绒上衣的摩登女郎，正跳着脚大骂，不时用手背抹着眼泪呜呜哭。这个年轻女子，在家里排行老五，上有四个姐姐，下有一个弟弟，唯一的男孩是全家的小皇帝。父亲又是一厂之长，男孩成了不折不扣的纨绔子弟。五姑娘聪明能干，本来读书很好，钢笔字也写得漂亮，但是命苦，自从弟弟够了学龄，她就退了学，成了家里的劳动力。冬天冷水洗衣服手冻得裂出血口子，吃剩饭，睡储藏室，惹得隔壁养尊处优的少妇举家南迁时一心想带走五姑娘。这位南方少妇很有点索菲娅·罗兰的热情与风情，永远张开丰腴的手臂，嘴里喊着"心肝宝贝"迎接儿子，从她窗前经过，总能听到她弹着钢琴唱意大利歌剧。

但是时来运转，五姑娘凭着好学底，考进市里的一所好单位，名气大油水足，还找了一个有钱有势的男朋友，从此翻身为凤凰。五姑娘是家属院里的时尚先驱，托朋友从美国和香港带回来红色马裤、白色乔其纱、数不清的漂亮首饰。五姑娘还喜欢唱歌，于是他们家有了这个家属院里的第一台录音机，很多人的流行音乐都是由她启蒙。飞黄腾达后的五姑娘，早已不把这个家属院放在眼里，谁敢惹她，简直是冒犯女皇。午饭前这顿脾气，就是给某些饶舌妇一点儿颜色的，好像有人在背后对着她的抹胸指指点点，五姑娘真牛，那个年代已经穿上了抹胸。"有种的站出来，当面说给我听！"公共水池旁淘米洗菜说闲话的妇人们嘟囔着"到点了，该做午饭了"，灰溜溜起身散去。

偌大的家属院，五姑娘只喜欢她这个小孩，送了她很多稀罕的胸饰，小熊、松鼠、玫瑰花。待她结束幼儿园生活，又送她参加小学入学考试，年龄不够，但天资不错，顺利通过。作为奖励，五姑娘带她去看电影。路上刮起大风，五姑娘把她抱起来，她突然觉得自己做了学生就是大人了，拼命往下溜。五姑娘笑着说："长大啦，懂得害羞啦!"

长大后，她常常梦到一个男孩。那张脸，预示了所有振奋人心的事物：阳光，海水，火焰。他的天才像面孔一样出众，但是难以驯服，一度被拿下体育委员职务，让她这个学习委员代理。没人知道，她小学时代最大的苦恼，就是每天放学时喊队，"稍息，立正，一二一"。他爸爸和她爸爸，同在一个单位。有次谈起孩子，他爸爸说："你的女儿很斯文。"而他总是笑，总是跑来跑去。白皮肤，白牙齿，眼睛亮亮，嘴唇红红，他妈妈今天用宝石蓝的毛衣把他变成优雅的小王子，明天用银色猎装把他变成威风凛凛的小豹子。

四年级，他转学到市重点。偶尔看到他孑然一身的背影，似乎沉稳了，不再随心所欲地笑。据说成绩下降了，学坏了。后来，她随家人离开了这座城。再后来，听到的消息是：他高中毕业没考上大学，给一个私企老板开车。想出国，没有钱，某天趁老板离家，绑架了他两岁的小孩。约定付款的当日，老板报了警，他慌张中不慎将小孩溺死，被警方当场逮捕，判了死刑，不久后执行枪决。他爸爸一夜白了头。算起来，那一年，他十八岁。

那个家属院，还盛产帮派和传奇。她的干哥，五姑娘的弟弟，是其中一个帮派老大。他叫李安，她叫他安哥。安哥兵分两路，走私枪支，其中一路将俄产口径步枪从蒙古国的乌兰巴托运到扎门乌德再转战内陆。庭审中，对涉足这样一个高难度游戏的动机，安哥只有一句解释，"我喜欢枪。"安哥一向精明，只在一次小数量交易时被一个莽撞手下的一只登山鞋踩在泥地上的脚印留下线索，时逢严打，安哥作为数起特大枪支走私案的主犯被判刑。

安哥的枪，是整个家属院心照不宣的秘密，挑起男女老少茶余饭后的话题。人人说他随身带着一把枪。热爱兵器或军事的人，把它当作神话一样谈论："那是一把点44柯尔特特种左轮手枪！"但是没有一个人亲眼见过。它存在，又不存在。

即使多年后怀着理性的心智，她都无法将一个死囚与安哥相连。他总是穿着肥大的阔腿裤，蹲在街头，吐着烟圈，无所事事。也许因为没有妹妹，这个小女孩便成了他与生俱来的责任。因为家庭的缘故，这个文静害羞的少女非常与众不同，懂事得让人心疼，早熟得早早恐惧死亡这件事。每次见到，安哥总是用手胡乱揉揉她的头，然后问："告诉安哥，谁欺负你了？"只要安哥出现，脚上踢的毽子、手里扔的沙包，就统统到她这里了。他站在一旁不说话，世界也会听他的：谁都不准欺负她。她不习惯这样的"特权"，嗫嚅着把安哥推走，"不要你管。"下次遇到，照管不误。当母亲被送进救护车，她孤零零地在远处看着，安哥走来，拉着她的手，去家属院后面那片大得令人茫然的花野地玩，有荷塘、青蛙、睡莲和芦苇，他的手掌里有一种音乐性的亲昵。

有一次，她忍不住偷偷问安哥，是不是有这么一回事，身上带着一把枪？安哥愣了一下，旋即大笑，"你想看吗？"她不知安哥是认真还是逗趣。对于在封闭小城里长大的小女孩，枪，太神秘了。"不……不看了。"多年以后，她为没能摸摸它而感到深重的憾然。不在于枪，而在于，那是安哥的枪。

安哥家与她家紧邻。那天早晨，浩荡的家属院里，就像家家门前堆着的大白菜和蜂窝煤那样整齐划一，家家打开了收音机。市广播电台正在发布集体枪决的重大消息，念到安哥的名字，他家窗口突然传出的凄厉哭声，让她首次碰触到一种感受，心里有马蹄突奔、牛角冲撞，还有虎豹的撕裂，那是一个小女孩难以言说的——"乱"。

正是安哥，第一次带她在露天影院看《教父》。就

190

像电影里倾尽全力保护家人的教父一样，安哥令她的童年充满了被国王保护的安全感，不可多得的温暖。长大后，在看不到光的日子里，深夜，打开《教父》DVD，看一会儿，就慢慢好起来。

为了《教父》，她去了西西里。这座小岛，是因为美得无以复加，所以训就了一副高贵的姿态？历史上，这里是意大利最不法西斯的一个地区，不少显赫人物都与墨索里尼断绝关系。如今呢，它仿佛完全不受现代世界侵扰，自成一体地活着。小城之间仅通火车，火车仅有小小两节，从巴洛克三角之一的诺托前往锡拉库萨时，火车晚点了，由于要连续转乘，一趟延误可能演变成滞留，正当她焦虑万分，火车司机镇定地向她走来："Don't worry, Don't worry." 他已经与她要转乘的那趟火车的司机通了电话，让他等着。到站后，他不仅帮她拿行李下车，还亲自把她送上下一趟火车，交给下一位司机。

她猛然间感到，西西里像极了儿时的那个家属院，一个前现代的梦。

她走了那么远，走过大半个地球，才发现了自己。那个家属院，它不设底线的野性，透明而直接的人性，始终是她天性的一部分。

待她终于洞晓世事，才发现了这一切的源头。她不顾一切想要重新认识安哥。她其实从来都不"认识"他。他喜欢吃什么、玩什么？几点起床、几点睡觉？不曾见过他身边有女孩，他喜欢什么样的女孩呢？那时的他，心里在想什么呢？憧憬过未来吗？

来不及了。来不及了。

正是安哥，塑造了她最初亦是最深的男性想象。他永远不会知晓，一如"教父"永远不会知晓：在无数孤独无助的夜晚，他曾经无限抚慰了这世上的一个女孩。

克尔恺郭尔在《诱引者手记》里写道：

他人对他来说

只是一种滋生剂

吸完之后就把他们丢掉

像大树抖落它的叶子一样

叶子枯萎凋谢

它则青春常在

她就是克尔恺郭尔的审美家、调情者。

与历史一刀两断。

她是一个没有历史的人。